湖南师范大学博士出版基金资助

教育部社科基金"中国莎剧翻译群体性误译研究"（项目编号：12YJC740072）支持

中国莎剧翻译群体性误译研究

The Collective Misinterpretation of Shakespeare's Drama in Modern China

刘云雁　朱安博　著

世界图书出版公司

广州·上海·西安·北京

图书在版编目（CIP）数据

中国莎剧翻译群体性误译研究 / 刘云雁 , 朱安博著. -- 广州：
世界图书出版广东有限公司 , 2015.2（2025.1重印）
ISBN 978-7-5100-9422-4

Ⅰ.①中… Ⅱ.①刘… ②朱… Ⅲ.①莎士比亚，
W.（1564 ~ 1616）—戏剧—翻译—研究 Ⅳ.① I046

中国版本图书馆 CIP 数据核字 (2015) 第 040464 号

中国莎剧翻译群体性误译研究

策划编辑：李　平

责任编辑：梁少玲

封面设计：彭　琳

出版发行：世界图书出版广东有限公司

地　　址：广州市新港西路大江冲 25 号

电　　话：020-84459702

印　　刷：悦读天下（山东）印务有限公司

规　　格：787mm × 1092mm 1/16

印　　张：9.5

字　　数：150 千字

版　　次：2015 年 3 月第 1 版　2025 年 1 月第 5 次印刷

ISBN　978-7-5100-9422-4/I · 0345

定　　价：58.00 元

绝　色

美丽而善变的巫娘，那月亮　　　　只因原文本来就多误

翻译是她的特长　　　　　　　　所以每当雪姑

却把世界译走了样　　　　　　　乘着六瓣的降落伞

把太阳的镕金译成了流银　　　　在风里飞旋地降临

把烈火译成了冰　　　　　　　　这世界一夜之间

而且带点薄荷的风味　　　　　　比革命更彻底

凡尝过的人都说　　　　　　　　竟变得如此白净

译文是全不可靠

但比起原文来呢　　　　　　　　月色与雪色之间

却更加神秘，更加美　　　　　　你是第三种绝色

　　　　　　　　　　　　　　　不知月色加反光的雪色

雪是另一位唯美的译者　　　　　该如何将你的本色

存心把世界译错　　　　　　　　——已经够出色的了

或者译对，诗人说　　　　　　　全译成更绝的艳色

　　　　　　　　　　　　　　　　　　　——余光中

摘　要

1919—1949 年之间莎士比亚戏剧翻译中，出现大量译者共有的误译，这些相同、相反或者语言力量重心发生偏移的情况，受到了中国文学传统和"五四"精神的影响，是中国翻译美学思想的重要组成部分。

莎士比亚戏剧的群体性误译首先体现为文体性误读。虽然近现代的莎剧翻译主要争论的焦点是"诗歌还是散文"的问题，但这并不是莎剧翻译的精神内核问题，因为朱生豪的译作韵律鲜明，未必没有诗性；而成行排列的无韵体翻译如果缺乏独立声音节奏的支撑，也就未必能被称为诗歌。事实上，近现代莎剧翻译最大的问题是"读本还是剧本"的文体性误译。类似于欧洲莎剧翻译从读本到剧本的演变，中国的近现代莎剧翻译具有鲜明的读本特征，从语言对话缺乏舞台连贯性到人物表现区分度下降的情况上来看，都是诗的成分过多，而戏剧性不足。即使戏剧家英若诚、田汉和曹禺等人对于个别剧本的舞台化译本，也很难达到莎士比亚戏剧原著的演出效果。这是中国诗歌文化发达而戏剧传统薄弱的具体表现，不仅仅是剧本的问题，而且与接受剧本的整体氛围密切相关。

读本化降低了人物性格和剧情的冲突性，整个莎士比亚戏剧翻译在改写过程中呈现出一种柔化倾向。一方面，作为文学经典的翻译，译者字斟句酌，作了大量的阐释性工作，力求在字面上达到与原著的统一；然而，另一方面，文学翻译本身固有的"文化适应"要求，使得译者内心诉求的表达方式变得更为隐晦，柔化就是其中一种重要的方式。柔化指的是在不改变字面意义的基础上，通过片断性强化或者弱化，使诗行的诗性力量重心发生偏移的情况。许多译者不约而同地在译文中加强了"光明"这个时代关键词的影响，用理想主义悄然替代了上帝的位置，弱化了血统构成的等级论。这种偏移在很大程度上既没有改变原文的字面意义，同时也没有降低作品的可读性，根本上源于莎士比亚戏剧本身的开放性，作为一种具有时代和地域特征的多重解读，具有重要的诗性价值。

莎剧汉译中上帝的淡化引起了一系列解读方式的变化，包括与之相关的神圣实践和道德规范都不同程度地受到了影响，从而一直以来对于莎士比亚戏剧的"真善美"解读可能也具有群体性误读的特征，同时进一步研究现代莎剧汉译的美德问题，对于理解现代汉语文学美学观与道德感都具有重要意义。总的来说，中国莎剧的群体性误译反映的更多的不仅仅是美学冲突，而从根本上来说是伦理与文化冲突，是对于西方式的血统决定论、宿命论和阶级意识的扬弃。

目 录

引 言

　　误译在多个译本中的沿用、传递和变形，既有可能来自特定时代对于西方文化的群体性片面理解，也有可能受到了不同译者过滤体系中层次和侧重的影响，还有可能源于后来译者在重译中对于某些误译的尊重或者逆反。更加重要的是，除了偶然性和策略性这两种基本误译之外，许多误译甚至在多次重译中也无法得到修正，因为这涉及到了语言和诗意跨越文化和历史的差异，是集体审美体验的巨大转变，是译者不得不柔化其翻译的必然结果。普通的个体性误译往往可以归结为多义现象、等值缺失或者文化差异等因素，然而面对理解和翻译中产生的同一个困境，莎剧翻译家们才华横溢的先锋实践，或者保守的翻译家们对于言语结构对应法则的坚持，与季节性的社会思潮在交互影响中呈螺旋式上升，使文学经典重译呈现出特殊的规范。本书将通过对于误译文本的横向归纳，分析个体性误译上升为群体性误译的途径与规则，探讨翻译中的柔化策略在误译的群体化过程中所起的独特作用，同时重译中的个体性对抗也丰富了共同误译的内涵与变化，有助于构建有中国特色的翻译理论体系。

　　莎剧翻译一百余年正是翻译理论探索最为活跃的时期，尤其是对于翻译忠实问题的思考，引起了翻译家们之间的大量讨论。鲁迅和莎剧重要译者梁实秋等人的诗学论争就涉及到了文学翻译的误译问题，建国后对于朱生豪全译本的修订与研究，卞之琳和方平在重译中对朱生豪误译的思考，还有曹禺、曹未风、英若诚等在单剧翻译中的对于前人误译部分的取舍，都表明了翻译家在莎剧翻译过程中自我约束。他们关于误译和莎剧翻译忠实观的论述，丰富了我国的翻译理论，体现出一种逐步开放的姿态。在这个过程中，翻译美学对于误译的界定和忠实的尺度也发生了变化。同时，建国后莎剧翻译研究中的重要内容之一就是对于各个译本所产生的具体误译现象的纠正与探讨，引起了许多热切的讨论。莎剧的每一次重译和修订，尤其是多个全集的修订和出版，都为误译研究的自我修正提供了大量素材。误译研究与莎剧翻译的平行发展和相互渗透，是群体性误译在特定历史时期获得合法性和诗性价值的思想基础与历史根源。本书将通过大量史料分析，梳理建国前后莎剧翻译与重译过程中对于误译的理论探讨与反思，探讨群体性误译出现的理论与历史背景。

西学东渐引发的翻译浪潮在文学方面必然滞后于科技、法律、政治、经济与哲学思想的引进。相较于 1896 年严复翻译《天演论》和 1897 年商务印书馆成立，文学翻译的展开要晚得多，莎士比亚进入中国人的视野托了历史学的福气。1856 年英国传道师慕维廉（William Muirhead）翻译托马斯·米尔纳（Thomas Milner）的《大英国志》中提到了莎士比亚在英国文学史上的重要地位，他把 Shakespeare 翻译成舌克斯毕（1902 年梁启超在《新民丛报》上第一次使用了莎士比亚这个中文译名）。然而直到五十年后才开始出现莎士比亚改编本的翻译。1903 年翻译出版的英国查尔斯·兰姆姐弟改写的《莎士比亚故事集》，当时的译名为《英国索士比亚著：澥外奇谭》，没有标明译者。1904 年商务印书馆出版了林纾、魏易的《英国诗人吟边燕语》，同样是根据兰姆的改写翻译的，林纾在序言中写道："莎氏之诗，直抗吾国之杜甫……耽莎氏之诗者，家弦户诵，尔又不已，则付之梨园，用院本，士女联襼尔听，唏嘘感涕……其文均莎诗之记事也。"[1] 序言表明了林纾对莎士比亚一系列误读，认为莎士比亚是一位类似于杜甫的大诗人，剧本是成名诗歌"付之梨园"的"记事"。诗歌第一性与诗人至上论是中国士大夫政治特有的现象。"中华帝国的官僚政治以学者（文人）作为官员的主要来源，这种特殊类型的官员构成了一个被称为'士大夫'的社

---

[1] 转引自濑户宏《林纾的莎士比亚观》，熊杰平、任晓晋主编：《多重视角下的莎士比亚——2008 莎士比亚国际研讨会论文集》，湖北人民出版社，2009 年。

会阶层……民间学士'学而优则仕',通过科举制度进入帝国政府成为文人官僚,由此而形成的士大夫阶层与'士大夫政治',构成了中国古代官僚政治的一个非常特别的方面。"[1] 虽然林纾没有机会像严复那样成为体制内的官僚知识分子,但是士大夫阶层美学趣味和思想观念的影响却构成了中国传统的一部分,对非士大夫知识分子也产生了深刻的影响。这种风气也对后来译本的流传产生了巨大的影响和焦虑,后文将进一步分析。

兰姆的改写本是散文体而不是戏剧对话体,林纾将其翻译为小说形式非常贴切。然而《吟边燕语》封页标注"原著者英国莎士比亚、翻译者闽县林纾·仁和魏易、发行者商务印书馆,并没有提到兰姆的名字。后来林纾以小说体翻译的莎士比亚历史剧,如《雷差得纪》、《亨利第四纪》、《亨利第六遗事》、《凯撒遗事》等书中都标有"英国莎士比原著、闽县林纾、静海陈家麟同译"。樽本照雄研究表明,这些译作均是以奎勒 – 库奇 (A.T.Quiller-Couch)《莎士比亚历史剧故事集》(Historical Tales from Shakespeare) 而非原著直接翻译。林纾不懂英语,书中所谓"莎士比亚原著"既有可能是因为信息缺乏,更有可能是西学东渐以来文学翻译的起步阶段,对于"原著"这个翻译术语,以及翻译与改编的关系,那时的理解与今天全然不同。林纾的改写与去戏剧化表明,相对于其他形式的文学翻译,戏剧翻译也具有一定的滞后性。虽然后来也出现了一大批为舞台演出定制的译本。例如田汉的《哈孟雷特》和《罗密欧与朱丽叶》,顾仲彝的《威尼斯商人》及《三千金》(《李尔王》改编)的上演,曹禺翻译上演的《第十二夜》和《柔密欧与幽丽叶》,李健吾的《王德明》(《麦克白斯》改编)和《阿史那》(《奥塞罗》改编),以及英若诚翻译的莎士比亚戏剧八种等,但更多的却是出版社主导下出版的戏剧体读本。可以毫不夸张地说,莎士比亚戏剧是从舞台走向出版社,而中文译本却主要是从出版社走向舞台和读者。从这个意义上来说,兰姆改编本和林纾基于此改编本所作的小说体翻译构成了大部分莎剧译者不能回避的莎剧翻译传统,对于读本形式的翻译莎剧具有一定的影响。

1903—1935 年,在第一个莎士比亚全集戏剧翻译出版之前,莎剧翻译往

[1]　阎步克著:《士大夫政治演生史稿》,北京大学出版社,2003 年,第 465 页。

3

往以单译本的形式散见于期刊杂志。1911 年包天笑的《女律师》[1] 和亮乐月的《剜肉记》[2] 都是《威尼斯商人》的最早版本。这两个戏后来都以文明戏的方式搬上了舞台，但是舞台效果并不好。根据朱生豪的回忆，"戏院中常将《威尼斯商人》……改名为《借债割肉》……只是照 Tale from Shakespeare 上的叙述七勿搭八地扮演一下而已"[3]。《威尼斯商人》的译名由顾仲彝首先开始采用 [4]，梁实秋沿用了这个译名。值得一提的是，梁实秋译莎时搜集了之前几乎所有的译文作为参考，后来甚至包括朱生豪的译作，而朱生豪直接参考的译文只有梁译。朱生豪曾经在"梵尼斯商人"和"威尼斯商人"这两个译名之间权衡良久，反复修改译稿，最后还是选择了当时通行的译名《威尼斯商人》。所以，朱生豪和梁实秋之间具有一定的相互借鉴。从间接的影响来看，梁实秋的《如愿》参考了张采真的译本 [5]，《罗密欧与朱丽叶》的定名则受到了田汉 [6] 和徐志摩 [7] 的影响。另一位重要译者曹禺翻译过《第十二夜》与《柔蜜欧与幽丽叶》。朱生豪很喜欢曹禺的戏剧，《雷雨》就看过不下四次，但是 1944 年在成都演出的曹禺译《柔蜜欧与幽丽叶》比朱生豪的译作晚一年。曹禺采用这个并不通行的译名，主要是供演员模拟发音使用，后来"印出来了，一直没有改动"[8]。演出戏剧的名称为《铸情》。除了以上这些直接和间接影响了朱生豪译文的版本之外，还有朱维之的《乌赛罗》[9]、孙大雨的《罕姆莱特》[10]、戴望舒的《麦克倍斯》[11] 以及 1935 年高昌南的《朱理亚·恺撒》与《暴风雨》[12]，都具有独特的翻译美学价值。

[1] 包天笑译：《女律师》，《女学生》，1911 年 16—17 期。

[2] 亮乐月译：《剜肉记》，《女铎》，1914 年第 9 期。

[3] 朱生豪译：《寄在信封里的灵魂——朱生豪书信集》，东方出版社，1995 年，第 365 页。

[4] 顾仲彝译：《威尼斯商人》，新月出版社，1930 年。

[5] 张采真译：《如愿》，北新书局，1927 年。

[6] 田汉译：《罗密欧与朱丽叶》，1922 年演出，1924 年由中华书局出版。

[7] 徐志摩译：《罗密欧与朱丽叶》遗稿，诗刊，1932 年第 7 期。

[8] 莎士比亚著，曹禺译：《柔蜜欧与幽丽叶》前言，人民文学出版社，1960 年。

[9] 朱维之译：《乌赛罗》，金屋月刊，1929 年 6—12 期。

[10] 孙大雨译：《罕姆莱特》，诗刊，1931 年第 10 期。

[11] 莎士比亚著，戴望舒译：《麦克倍斯》，金马书堂，1930 年。

[12] 高昌南：《朱理亚·恺撒》、《暴风雨》，文艺月刊，1935 年 2—6 期。

　　全集翻译方面，时至今日共有五位主要译者：1942—1944 年间，曹未风翻译的《莎士比亚全集》11 种率先出版，1962 年再版时增加到 15 种；1947 年首次出版朱生豪翻译的《莎士比亚戏剧集》27 种（朱生豪生平共译出 31 部半）；1957 年台湾世界书局的虞尔昌修订补译本在台湾地区发行；1968 年，梁实秋以严谨的学术态度和平实的口语体翻译的《莎士比亚戏剧全集》结集出版，虽然有的学者认为梁实秋译文"不宜上演"，读起来索然无味，最大的优点"恐怕只在于帮助人研究莎士比亚"[13]，但是却普遍认为是目前最忠于原文的译本，具有高度的学术和研究价值，当然这并不意味着梁实秋译文就没有误译，后文将在比较中作进一步阐释；2000 年，河北教育出版社出版了方平主编的以分行诗体翻译的《新莎士比亚全集》，是莎士比亚全集分行翻译的初次尝试。

[13]　周兆祥著：《中译莎士比亚研究》，香港中文大学出版社，1981 年，第 387 页。

第1章

译本文体形态之争的内核

莎剧误译根本上表现为文体性误译，许多具体的误译现象都与文体形态的变化有关。西方关于莎剧翻译的散文体和诗体之争，主要衡量标准在于译本是否使用五音步抑扬格来写作，然而中文不存在以音步为基础的诗歌传统，所以中文译本并没有欧洲意义上的散文体和诗体的区分。方平和卞之琳的译本可以被认为是分行译本，梁实秋的译本也保留了原作中的大量分行，而朱生豪的译本属于不分行译文。事实上，莎剧中文译本中，散文体与诗体的区分不够严密，而分行与不分行的区分除了在讨论跨行的感情表达上可能具有特殊意义之外，本身并不具有实质上的诗性改变。其实，中文莎剧译本的文体形态，可以借鉴欧洲莎士比亚翻译研究的成果，将译本区分为读本与剧本。读本主要是面向读者，便于阅读和朗读，朱生豪、梁实秋、方平等人的译本都可以视为读本型翻译；剧本则主要是为舞台演出而作的翻译，曹禺、英若诚等剧作家应剧团要求而作的翻译改编可以视为剧本型翻译。中国的莎剧译本中，读本型翻译较多而剧本型翻译则少得多，这是中国阅读传统比戏剧传统更有优势的体现，与法国的历史情况截然不同。

法国莎士比亚翻译具有悠久的历史。17世纪欧洲的舞台上就有了零星和片段的莎士比亚戏剧表演，但直到18世纪才开始出现真正意义上的莎士比亚译介。古典主义代表伏尔泰在《哲学通信》中翻译了《哈姆雷特》中著名独白"生存还是毁灭"。1745年拉·普拉斯（La Place）出版的两卷本莎士比亚法语译本出版。1776—1783 年，皮埃尔·特纳（Pieer Le Tourneur）以散文体翻译莎士比亚的法语译本陆续出版并大规模流行，这个译本和朱生豪译本一样，主要是读本而非表演脚本，特纳的译本在法国和整个欧洲产生了长达百年的影响，直到 1872 年维克多·雨果（文学家雨果的幼子）译本出版之前一直都是印数最多的全集译本。许多著名的单剧译本，例如杜锡斯译本就是特纳译文的文体性转译。此时欧洲各国，包括德国、意大利乃至英国本身都是以法语作为知识分子的语言，这些国家还非常缺乏本国文学传统，只能言必称法国新古典主义。莎士比亚戏剧不符合法国古典主义的三一律，译文往往删改得不复原貌。杜锡斯（Jean-Fran,cois Ducis）本人并不懂英语，只能以特纳的读本为基础改编戏剧《哈姆雷特》等六部，并按照三一律要求集中在24 小时之内完成全部剧情。杜锡斯译本在欧洲影响深远，当时的荷兰语译本（Ambrosius Justus Zubli, M. G. de Cambon, Uylenbroek, P. J., P. Boddaert 等人的译本）以及卡莱（Teodoro La Calle）的西班牙语译本都是从杜锡斯的法语译本转译而来，杜锡斯改编译本作为最早的法语莎士比亚戏剧脚本，反映了法国古典主义戏剧的要求，是法国文学史及翻译史中重要的内容；同时杜锡斯法语译本对欧洲其他语种影响最为深切，通过其他语种的转译，将法国古典主义戏剧观向整个欧洲扩散。18 世纪的全盘接受，在 19 世纪受到了全面批判。"杜锡斯，法兰西学院伏尔泰的继任者，以法国的品味改写了莎士比亚的《哈姆雷特》、《奥赛罗》……19 世纪的作家与翻译家一致认为杜锡斯是有史以来最糟糕的莎士比亚译者。"[1]20 世纪以来逐渐开始反省这种全面否定的态度，最近十年杜锡斯译本研究则更加注重其影响和历史意义。关于法国早期莎剧翻译研究引用率比较高的是顿·霍恩斯勒（Ton Hoenselaars）的研究成果。霍恩斯勒教授的口头禅就是"要从历史的角度来看这个问题"，这也是他对于我所进行的朱生豪翻译研究最为根本的期待。此外，基于法国早期莎士比亚翻译的研究也对皮姆翻译史研究方法的形成具有深刻的影响。目前法国最

---

[1] Hoenselaars, Ton, Between Heaven and Hel.l Shakespearian Translation, Adaptation, and Criticism from a Historical Perspective, The Yearbook of English Studies, Volume 36, Number 1, 1 January 2006, pp 54–55.

负盛名的莎士比亚译本当属雨果译本，虽然雨果所使用的语言与如今的法语有着不小的差距，而且其后又出现 1957 年博纳富瓦（Yves Bonnefoy）、1982年金·米歇·德普莱（Jean-Michel Déprats）以及 1995 年米歇·格莱维特（Michel Grivelet）等人所译的三个全集莎士比亚版本，魁北克法语区还有单独的魁北克法语莎士比亚全集译本，然而 150 多年前的雨果译本及其 1959 年校订版仍然是目前法国书店和图书馆最容易找到的版本，被视为法国文学经典。操纵学派认为，雨果版本的流行是文化市场操纵的结果，不仅因为雨果译本无版权利益，而且利用了雨果家族的文学名声，勒弗维尔关于翻译与文学名声控制的专著中就举了莎剧翻译版本的例子。虽然雨果的译本比较流行，但是学界影响更大的却是博纳富瓦译本。博纳富瓦既是法国当代最重要的诗人之一，法兰西学院院士，同时也是"比较文学与世界文学"这个学科获得世界范围合法性最为重要的理论力量来源。他的每一部莎士比亚戏剧译作的译序都是一篇重要的莎士比亚翻译研究论文，当代学者往往将他的诗歌与诗学成就与莎剧翻译实践相结合，探讨文学翻译在诗性传承中的特殊意义，例如《翻译与诗性记忆》[1]、《博纳富瓦：简单的意义》[2] 等都在此列。如果说博纳富瓦译本偏向于诗性读本，那么金·米歇·德普莱就是为戏剧舞台而设计的莎士比亚译本，其大部分译文都顺利出演，推动了法语莎剧翻译的舞台化[3]。目前对于后两个全集译本的翻译研究尚未全面展开。值得一提的是，这两个全集版本都是双语对照版。从法国莎剧译本的发展历史可以看出，特纳、雨果和博纳富瓦的读本翻译，往往借助了译者本人学术名声来成就译本的广泛流传，然而伏尔泰、杜锡斯、德普莱等具有改编特性的剧本型翻译却利用法国深厚的戏剧传统而产生了巨大的影响力，当然伏尔泰和杜锡斯作为法兰西学院院士对于剧本体的偏好也在很长一段历史时期内影响了法国及其周边国家的莎剧翻译传统。

---

[1] Risset, Jacqueline. Traduction et mémoire poétique 2007.

[2] Finck, Michèle. Yves Bonnefoy : le simple et le sens. Paris: Hermann, 1989.

[3] Shakespeare, le monde est une scène : métaphores et pratiques du théâtre , anthologie propos ée et commenté e par Georges Banu ; traduction et introduction par Jean-Michel Déprats. Paris: Gallimard, 2009.

　　读本还是剧本，这是一个问题，在英国和德国，莎士比亚戏剧都更多是作为读本而不是剧本而被接受，这种态度直接影响了中国译者对莎剧的解读。为了保持诗性，莎士比亚的戏剧语言并不够流畅，以至于改写莎剧为小说体裁的兰姆认为"莎剧比起任何其他剧作家的作品来，都更不适宜于舞台演出……其中有许多东西是演不出来的，是同眼神、音调、手势毫无关系的"[1]。约翰逊对于莎士比亚戏剧的传播方式也很有意见："莎士比亚似乎并不认为自己的作品值得流传后世……他的戏剧演出之后，他的心愿也就满足了，他不想从读者身上再追求额外称誉……他虽然在还没有走入老境，还没精疲神乏或者因病残废之前，已经退隐家乡，享受安乐富裕的生活，可是他并没把自己的作品收集起来，也不想把那些已经出版而由于被人胡乱篡改以致意义模糊的作品整理出来，也不想把其余作品用它们的真面目刊印成较好的版本跟世人相见。"[2] 这段话涉及到至少三个需要澄清的问题：其一，莎士比亚不愿意将剧本出版，首要的原因是剧团利益；其二，莎士比亚时代出版业和编辑职业的发展，远未达到约翰逊时代的高度，事实上莎士比亚戏剧从最初的盗版到后来的不断完善与正式出版见证了英国出版业的成长历程[3]；其三，也是最为重要的一点，莎士比亚并非将自己的戏剧当作读本，而约翰逊以及后来不断反驳约翰逊而为莎士比亚作辩护的施莱格尔、柯勒律治、歌德等人都是将莎剧作为读本来看待的。柯勒律治"宁愿在家里阅读莎士比亚，而不愿意看舞台表演"[4]，《歌德谈话录》中更有这样的对话：

　　艾克尔曼：莎士比亚的戏并非是舞台剧。

　　歌德：这可并不令人遗憾。因为莎士比亚作为剧作家所失去的，他作为诗人又得回来了[5]。

---

[1] Charles Lamb, On the tradedies of Shakespeare, Chales Lamb on shakespeare. ed. Joan Coldwell, New York: Harper & Row, 1978, pp27–28

[2] Johnson,Samual, The preface to Shakespeare，网络电子文稿。

[3] Egan, Gabriel: The struggle for Shakespeare's text : twentieth–century editorial theory and practice , Cambridge ; New York : Cambridge University Press, 2010.

[4] Cdiced by Thomas Midduton Ray sor. 发行：Constable Co.LTd，1930， 天津文，自译。

[5] 爱克曼多著，朱光潜译：《歌德谈话录》，人民文学出版社，1978 年，第 20 页。

由此看来，兰姆认为莎剧无法演出，也就并不是什么难以理解的误读。从剧本到读本的转变，是莎士比亚适应不同时代与环境的无奈方式。诗性与戏剧性的对峙是原文与译文共同面对的难题。

一、长句与分行

1998 年，江苏译林出版社再版莎士比亚全集时，虽然莎士比亚全集已经有了分行的"诗体"翻译版本，但仍然选择了朱生豪的译本。当时宋兆霖先生也参与了译本选择的讨论，事后我询问译林出版社选择朱生豪译本的缘由，宋老先生非常朴实地答道："还是这个本子耐读些。"这是从读本而非戏剧翻译的角度所作出的高度赞赏。朱生豪也非常担心过多的诗歌断行会抹煞莎剧对白在戏剧表演中的流畅性，他对《浮士德》的评价就是"诗的成分多而戏剧的成分缺乏"。卞之琳对于四大悲剧的翻译，为了尽可能保留诗性而保留了诗歌的分行以及独立的韵律节奏。朱生豪和卞之琳译文中的许多共同误译都是源于诗歌保持独立韵律的需要，例如《麦克白》中的著名选段："Out, out, brief candle!"朱生豪译为："熄灭了吧，熄灭了吧，短促的烛光！"而卞之琳译为："熄了吧，熄了吧，短蜡烛！"这里的误译并非词义上的，而是音律上的。两个 out 原本都很急促，在两位大翻译家笔下却自然而然地拉得悠远流长，卞之琳的"熄了吧"始终符合他所倡导的二三字顿，而朱生豪"熄灭了吧"用的就是他最喜欢的四字结构，可惜这种翻译失去了"brief candle"所特意提示的简短干脆，体现出中国男人自古培养起来的优柔寡断的文人气质。然而，如果有某位译者当真不顾中国人成型的审美观，非要把原文按照莎士比亚的音节比例和音步关系"忠实"翻译成"灭,灭,短蜡烛"，则无论作为读本还是戏剧都不符合中文语言习惯。因此，共同误译在很大程度是无法修正的误译，是由语言结构和审美传统所决定的，而这种语言与审美的地区差异，从本质上来说则是由不同的文明在不同历史阶段的需要所决定的。

莎士比亚戏剧本身也在不断成熟的过程中逐渐发生着改变,句子越来越长,逐渐突破了五音步的容量,导致了越来越多的跨行,后来的许多跨行已经失去了断行的意义，而成了分行的散文。张冲指出："莎氏素体诗经历了一个从早期的行尽意尽向后来的行尽意不尽、跨行行意的发展过程。"莎剧晚期作品跨行越来越多，就是因为句子越写越长、表达越来越严谨的缘故，这既是从句语言的发展历史性特征，也与莎老先生表述习惯发生改变有关，例如《无事生非》中贝特丽丝的饶舌：

He set up his bills here in Messina and challenged

Cupid at the flight; and my uncle's fool, reading

the challenge, subscribed for Cupid, and challenged

him at the bird-bolt. I pray you, how many hath he

killed and eaten in these wars？ But how many hath

he killed？ for indeed I promised to eat all of his killing.

其中的分行除了满足素体诗五音步的格律外，没有其他的特殊意义，在舞台和影视中看到这一段时，听觉和视觉方面都完全感受不出分行。正是因为这个原因，莎剧从舞台走向盗版的时候，第一对折本中许多分行都没有出现，目前的分行格局是依照 18 世纪的修正版本而形成的。

"小小的灰色的蚊虫"译自 "a small grey-coated gnat"，朱生豪的译文以口语化著称，然而梁实秋的"一只灰色小蚊虫"却更加通俗。朱生豪把 "a small grey-coated gnat" 译为"小小的灰色的蚊虫"，虽然也有明显的口语化特征，但却主要是为了强调蚊虫之"小"而采取的陌生化手段。后文的双"的"为较长的前置定语，主要是为了容纳"懒虫"丰富的修饰限定语。原文中的"worm"既有前置定语"a round little"，又有后置定语（补语）"Prick'd from the lazy finger of a maid"，体现了英语限定语容量极大的特点，两位译者都不约而同地选择将前后置定语翻译成中文中的前置定语，置于蛆虫之前作为修饰语。然而中文语法决定了前置定语的有限容量,造成了翻译困难。一般来说，中文名词前的定语或其他修饰词并不多，后置的名词补语也远远不如英语中的后置定语以及定语从句的信息那么丰富，所以英语中名词的修辞和限制语非常复杂，翻译成中文后，名词定语往往无法容纳英语中所有修饰语的信息。

梁译把所有信息都往狭套里塞，结果套子就变了形，因为原文中小胖蛆并不是"懒婆娘指甲缝剔出的"，原文的意思是指侍女太懒以至于伸伸手指就能碰到的胖乎乎的小虫都没有打扫干净，所以能够 pick a round little worm from the finger of a maid。文中 finger 不仅不是指甲缝，否则应当使用 nail 的字样，而且 finger 本身就有"用手指触碰、触手可及"的意思，可惜曹禺受到梁实秋的影响，也采用了"指甲缝"的译文。众所周知，梁实秋的译文以忠实原文而著称，但事实上译文对信息进行删减和改变几乎不可避免，因为译文的信息量远比原文丰富，两种语言与文化差距越大，译文需要添加讲解的内容也就越多，即使如此也会产生误解和信息缺失，因为即使是两个一起长大的双胞胎之间的对话，也不能保证信息的传达与接受完全对等，所以对于译者实在不该过于苛责，否则如果将不重要的内容翻译得过于复杂，反而会损害全文的忠实。朱生豪的译文普遍比梁实秋的译文长，尤其这句话要长得多，就是受到了英文信息量的影响，然而在此处他将没有层次差别的英文前后置定语翻译到一起的方式就是并置三个"的"结构，这是非常危险的尝试。因为汉语中即使两个"的"并用也非常少见，更何况三个。这样多个"的"的连用，是朱生豪译本中的独特现象，在构成韵律节奏、特定人物身份语言、构建抒情方式方面，具有特殊的修辞意义。

二、猜测的依据

译者究竟是按照诗歌读本还是剧本的方式来理解并翻译莎士比亚戏剧，还极大影响了他们对于涵义不清的内容所作出的猜测和误译。例如普莱特夫人劝说朱丽叶接受帕里斯时用了一个比喻，"The fish lives in the sea, and 'tis much pride / for fair without the fair within to hide"（第一幕第二场），梁实秋将这个关于"鱼"的比喻直接翻译成"鱼游于海"，然后在尾注中罗列了 Steevens、M.Mason、Hudson、Clarke、George Sampson、Deighton 等人的各种解释，而在前文的翻译中不提供倾向性意见，一方面意义的阐释完全像读者开放，另一方面却因为具有太大的不确定性而导致译文变得不可理解，对于剧情和人物性格的发展没有作出贡献。曹禺翻译为"鱼活在海里，鸟儿在巢"，增加了原文所没有的"鸟儿在巢"的比喻，基本上将"海"理解为"家族"，认为女性需要婚姻和家族才能生活得有意义，这是六种西方解释之外的一种解读，明显反映了东方宗族社会对于这个"鱼活在海里"的隐喻所必然产生的联想。朱生豪译文同样没有注解，并且其解读同样超出了这六种西方解释，将"The fish lives in the sea"翻译成"正像游鱼需要活水"，同样从字面上看很不忠实，删去了"海"，增加了"游"鱼和"活"水。

翻译批评家们的工作往往到此为止，足以指责曹禺与朱生豪的译文不够忠实。问题在于，朱生豪为什么会作出这样的翻译，译文的损益有没有根据？当然，即使仅仅从朱生豪对于译文音乐性的偏执中就能够看出这种翻译产生的一部分原因。对朱生豪的译文进行意组切分就会发现：

正像 / 游鱼 / 需要 / 活水，美妙的内容 / 也少不了 / 美妙的外表 / 陪衬。

仄仄 / 平平 / 平仄 / 平平，平仄平仄平 / 仄仄仄仄 / 仄仄平仄仄 / 平仄。

这是明显的四四对应结构，完全采用了平仄相间的格式来模拟抑扬格，同时运用长短顿的等级节奏，不仅构成了节奏叠加共鸣，而且将强调落在了短促收尾的"陪衬"，不知道与江浙方言中促音结尾的句式习惯有没有关联，但却与原文收尾的"hide"同样处于强调位置。这样一来，因为强调重心的移动，凯布莱特夫人的言外之意也发生了微妙的改变。原文中夫人希望女儿不可过于隐藏，吝于展示自己的美，联系到母女俩即将赴一场专为女儿踏上社交界选择如意郎君的宴会，意义不言自明；而朱生豪译文中的凯布莱特夫人则要含蓄得多，似乎希望朱丽叶有所展示亦有所保留，这完全就是两位来自不同文学传统的母亲形象。音乐性在朱生豪的译文中始终具有重要的意义，不是通过理性思辨而是用音乐的节奏与平行赋予的力度，不知不觉中影响了读者接受译文的解读。但是，为什么朱生豪会以游鱼活水的方式来理解鱼在海里的意象，上下文并不能提供足够的依据，因此才会导致这个隐喻的解读方式五花八门，在这种情况之下，朱生豪始终从一种诗意统一的理想主义精神出发，从遥远的后文中找到了他自己解读的依据。

第二幕第四场同样出现了关于"鱼"的比喻，用来描绘罗密欧爱而不得的憔悴模样："Without his roe, like a dried herring; flesh, flesh,/ how art shou fishified!"
其中"Without his roe"是个双关语，既表示为了做鱼干而抽掉了鱼子，也表示
Romeo 的名字去掉 roe 音剩下 meo 表示孤独的叹息声。朱生豪和梁实秋各翻译
了其中一种意义。

梁实秋翻译为：

除掉了他的鱼子，像是一条干咸鱼。肉呀，肉呀，你怎样变成鱼了！ [1]

朱生豪翻译为：

瞧他孤零零的神气，倒像一条风干的鱼。啊，你这块肉呀，你是怎样变成
了鱼的！ [2]

朱生豪的译文将失去爱人的罗密欧憔悴的样子，比喻成风干的鱼，失去了
生机和水分。从这个比喻就可以看出朱生豪在前文关于"鱼"的翻译中特意
增加了"游"与"活"，就是与后文的鱼干作为对比，表示获得与失去爱情的
两种不同状态。爱情中的人就像水里的活鱼，而失去爱的人就成了"风干的
鱼"。朱生豪的翻译并不是来自字面理解，而是在全文语境中的大胆推测。不
过，这个关于鱼水关系的比喻，并不包含在梁实秋所引用的六种莎剧专家意见
之内 [3]，也就是说这种理解很有可能仅仅只是朱生豪个人对于莎剧的　种解读，
至于莎士比亚的原意如何，没有人能够说得清楚。那么为什么朱生豪作出了其
他西方莎士比亚研究者没有考虑过的解释，主要原因就在于中文中"鱼水情深"
这类比喻本来就可以用来表示爱人之间的关系，蒲松龄《聊斋志异·鬼妻》中
就有："泰安聂鹏云，与妻某鱼水甚谐。"水是鱼的生命之源，正如爱情是人类
生命力的源泉，这种隐喻传统作为基本认知框架深深地影响了朱生豪对于莎剧
的理解，再加上这种爱情生命力的逻辑十分吻合莎剧的内在精神，并与后文构
成呼应，因此朱生豪作出"游鱼"与"活水"的特殊理解也就顺理成章。中文
的语言结构与修辞对于朱生豪具有深刻的影响，具体表现在每当朱生豪在翻译

---

[1] 莎士比亚著，梁实秋译：《罗密欧与朱丽叶》，中国广播电视出版社，2005 年，第二幕第四场。

[2] 莎士比亚著，朱生豪译：《罗密欧与朱丽叶》，人民文学出版社，1978 年，第二幕第四场。

[3] 莎士比亚著，梁实秋译：《罗密欧与朱丽叶》注释，中国广播电视出版社，2005 年，第 239 页。

中出现意义模糊不能下定论的内容时，首先考虑符合全文的剧情需要与内在精神，如果仍然不能解决，那么越符合中文文学语言习惯的理解，越有助于戏剧的可理解性与传播性，也就越有可能成为译者的选择。所以虽然译者在翻译传播过程中既是解码者又是编码者，但是其选择和操纵权力相当有限，远远低于他人乃至译者本人的期待。

三、内在的冲突

这些强调或者弱化效果的产生表明，诗歌功能的实现需要声音节奏与意义节奏的叠加或者冲突，一方面通过节奏支配语言的"力量分布"，在重叠中加强力量、促进和谐；另一方面在偏离中改变了"力量分布"，偏离散文的随意，这样便从散文变成韵文，产生了相关的诗意。这是莎剧素体诗的诗性来源。正如汤姆逊·金士顿在莎剧素体诗音乐性研究中指出的那样，"理论上，素体诗形成五音步抑扬格的固定格律源于独立音步结构……与诗行表达的实际口语节奏的对抗"[1]。

重叠与对抗是诗意的产生依据，却不是最终归宿。热奈特认为，诗歌不是要偏离散文的语言，而是"与语言的实质有更密切的联系"，具体做法之一就是"使所指向能指靠拢，亦即是说，把意义扳过来，可能更正确的说法是，在各种意义的可能性中，选出最贴近表达的感性形式的意义"。这样一来，就在某种"陈述周围建立起一种'沉默的边缘'把它（诗歌的状态）与日常语言环境之间隔开，但却不形成断裂[2]"。这种"隔而不断"其实是诗歌的一种理想状态，而在例文中体现出来的意义节奏与声音节奏的重合与偏离，无疑是其中一个关键的尺度。热奈特的话还有另外一层意思，那就是在声音和意义的冲突中，将意义形式置于感性形式之下的倾向，这再次提升了独立声音节奏的意义，使译者在翻译有着独立声音节奏的原作时，不能轻易放弃音乐形象。莎士比亚素体诗的五音步抑扬格，凸显了独立的音乐节奏，同时

---

[1] 汤姆逊·金士顿：2003 年波士顿大学博士毕业论文《西方音乐审美中的节律》，第 131 页。

[2] 热拉尔·热奈特：《诗的语言，语言的诗学》，选自赵毅衡主编：《符号学文学论文集》，百花洲文艺出版社，2004 年，第 525 页。

又构成了几种节奏之间，尤其是与意组节奏之间的相互影响、叠加、偏离甚至冲突，产生了特殊的文学意味。原文与译文的音乐性特征进行比较，应该比较的不仅仅是表面结构的相似程度，译文是"诗体"还是"散文体"，也不能简单依靠是否分行，或者是否切断了整齐的豆腐块来判断，更重要的是，应该考虑译文是否具有鲜明的声音节奏，出现有规律的交替和重叠。此外，原文对于节奏叠加与偏离，甚至冲突所产生的文学性张力，也对译文提出了很高的要求。

朱生豪译文与原文相比，最大的变化就是以押韵的文字来翻译不押韵的素体诗。所谓"素体诗"（blank verse）中的"blank"强调的就是不押韵的意思[1]。然而，朱生豪译本对于莎剧素体诗的翻译，没有保留音步与分行，但是出现了大量的押韵。当然莎氏素体诗也不是完全不押韵，而是固定地在一幕、一场甚至一个诗段的结尾押韵，以提示这是结束诗节的诗行，以《罗密欧与朱丽叶》第二幕第二场这段独白为例，第 20、21、22、23 行押尾韵，共四个韵脚，这起到了结束诗节的作用，除此之外莎剧素体诗可以称得上严格不押韵。

> But, soft! What light through yonder window breaks ?
>
> It is the east, and Juliet is the sun !
>
> Arise, fair sun, and kill the envious moon,
>
> Who is already sick and pale with grief,
>
> That thou her maid art far more fair than she:
>
> Be not her maid, since she is envious;
>
> Her vestal livery is but sick and green,
>
> And none but fools do wear it; cast it off.
>
> It is my lady, O, it is my love!
>
> O, that she knew she were!
>
> She speaks yet she says nothing: what of that ?

---

[1] 艾布拉姆斯等著：《文学术语汇编》，外研社及汤姆森学习出版集团，2004 年，第 24 页。

Her eye discourses; I will answer it.

I am too bold, 'tis not to me she speaks:

Two of the fairest stars in all the heaven,

Having some business, do entreat her eyes.

To twinkle in their spheres till they return.

What if her eyes were there, they in her head ?

The brightness of her cheek would shame those stars,

As daylight doth a lamp; her eyes in heaven.

Would through the airy region stream so bright.

That birds would sing and think it were not night.

See, how she leans her cheek upon her hand!

O, that I were a glove upon that hand,

That I might touch that cheek![1]

  然而，对于这段基本不押韵的独白的翻译，朱生豪译本却出现了大量押韵，尤其是尾韵：

轻声！那边窗子里亮起来的是什么光？

那就是东方，朱丽叶就是太阳！

起来吧，美丽的太阳！赶走那妒忌的月亮，

她因为她的女弟子比她美得多，已经气得面色惨白了。

既然她这样妒忌着你，你不要忠于她吧；

脱下她给你的这一身惨绿色的贞女的道服，

它是只配给愚人穿的。（漏译："脱掉它！"）

那是我的意中人；啊！那是我的爱；

唉，但愿她知道我在爱着她！

她欲言又止，（漏译）

可是她的眼睛已经道出了她的心事。

---

[1] Shakespeare, the Completer Works of Williom Shakespeare, Oxford Press, 1960.

待我去回答她吧；

不，我不要太卤莽，她不是对我说话。

天上两颗最灿烂的星，

因为有事他去，请求她的眼睛。

替代它们在空中闪耀。

要是她的眼睛变成了天上的星，

天上的星变成了她的眼睛，那便怎样呢？

她脸上的光辉会掩盖了星星的明亮，

正像灯光在朝阳下黯然失色一样；

在天上的她的眼睛，

会在太空中大放光明，

使鸟儿误认为黑夜已经过去而唱出它们的歌声。

瞧！她用纤手托住了脸，那姿态是多么美妙！

啊，但愿我是那一只手上的手套，

好让我亲一亲她脸上的香泽！（朱生豪 译）[1]

这段译文中至少有十三个韵脚，加上行内的押韵或者头韵等，就更多了，而原文中仅结束语部分有四个韵脚。可见朱生豪译文在原文不押韵处押韵，成为了构成其音乐特质的最明显因素。

押韵本就是一个复杂的文学现象，具有多方面的功能，而不仅仅是重叠与平行。经典的语言学认为语音与语义之间的关系是完全任意的（arbitrary），但是诗歌中的音韵和音色能产生特殊的诗效，这是诗的特殊功能。音色能够模仿其他的声音和意义形象，雪莱常常用 ph 或者 f 的音来模拟风声，体现声音的隐喻作用。声音还可以用作象征效果，开音节元音表达直抒胸臆的舒畅，闭音节元音则犹豫而委婉。声音的象征，基本上是在声音和感觉上形成暗示性的联系。

朱生豪译文的韵脚，往往也能创造出特殊的音色感，以《罗密欧与朱丽叶》

[1] 朱译本不分行，此处为了方便编号论述而暂且按照原文内容进行了分行。莎士比亚著，朱生豪译：《罗密欧与朱丽叶》，《莎士比亚全集》，人民文学出版社，1976 年，第二幕第二场。

第二幕第二场这段选文为例细读朱生豪的这段译文为例：

> 轻声！那边窗子里亮起来的是什么光？
>
> 那就是东方，朱丽叶就是太阳！
>
> 起来吧，美丽的太阳！赶走那妒忌的月亮……

韵母的反复出现还起到了强调韵脚的作用，押韵改变了语言的"力量分布"，使韵脚的声音和意义同时获得了强调，所以这三行的力量中心就是："光"、"太阳"、"月亮"，这都是对朱丽叶进行描绘的方式，是对喻体的强调。值得一提的是，原诗中因为声音节奏与意义节奏相冲突，发生"力量分部"偏移而强调的是"yonder window"（那边窗户，暗指朱丽叶）、"Juliet"（朱丽叶）以及"envious"（嫉妒的），这些虽然也有对"描述方式"（如"envious"）的强调，但主要表现了罗密欧对朱丽叶本人（本体而非喻体）的强调。一句话，原文的罗密欧追求的是朱丽叶（本体），而译本中的小青年则追求的是光明（喻体）。这样一来，原文中罗密欧是个十四岁的男孩，而译文中的罗密欧则已变成了"五四"时期的浪漫主义文艺青年，像屈原一样满口吟诵着"光明"和"太阳"。朱生豪一不小心就对这个人物形象投射了自己那个时代的青年人的影子。诗歌的韵不是直接描述感受的术语，而是许多感受的综合体。不少语言学家总是从音位学的角度解释诗歌押韵的意义，使韵脚具有了特定的语义内涵，有时将意义相近的韵连在一起作为加强，例如"忧伤"和"流浪"，或者"亲昵"和"甜蜜"；或者把意义相差很远的词押韵就是为了取得令人耳目一新的效果。沙士比亚在《无事生非》中借用他投射了自我形象的贝尼狄克在第五幕第二场中烦恼道："可惜我不能把我的热情用诗句表示出来；我曾经搜索枯肠，可是找来找去，可以跟'姑娘'押韵的，只有'儿郎'两个字，一个孩子气的韵！可以跟'差辱'押韵的，只有'甲壳'两个字，一个硬绷绷的韵！可以跟'学校'押韵的，只有'呆鸟'两个字，一个混账的韵！这些韵脚都不大吉利。不，我想我命里没有诗才，我也不会用那些风花雪月的话儿向人求爱。"（Marry, I/ cannot show it in rhyme; I have tried: I can find/ out no rhyme to 'lady' but 'baby,' an innocent/ rhyme; for 'scorn,' 'horn,' a hard rhyme; for,/ 'school' 'fool,' a babbling rhyme; very ominous/ endings: no, I was not born under a rhyming planet,/nor I cannot woo in festival terms.）可以看出，莎士比亚使用无韵诗，并不是反对押韵本身，而是反对韵脚的程式化套用，认为这种古板的做法对于抒发人物的深沉情感极其有害。

如果不考虑这种韵脚特殊的诗艺效果，那么押韵，尤其是尾韵的大量使用，不断反复，客观上也显示出鲜明的节奏。如果始终坚持节奏是"有规律的交替"的定义，那么押韵以相同的韵母为界标，通过韵母的交替出现而形成了节奏感。在中国"无韵不成诗"的传统之下，莎士比亚的中文译本没有完全不押韵的，朱生豪的韵脚数目最多，押韵情况最为普遍。以本章开头所选的《罗密欧与朱丽叶》长诗节为例，大部分译者的译文全都或多或少地在原文不押韵的地方押韵，而朱生豪译本押韵的数量最多，为十三处韵脚，而其他几位译者梁实秋、方平、曹禺的译文分别有十二处、十一处、八处韵脚。孙大雨译本有意避韵，却终归也忍不住留下了四个韵脚，却不全是在原文押韵的结束行部分。曹禺译本中押韵数量并不多，但他也承认："我加了一些'韵文'，以为这样做增加一点'诗'意。"[1]中文译者们大都觉得在莎剧素体诗翻译中押韵很有必要，一方面可以补偿素体诗节奏，获得独立的声音节奏来影响意义以及意义节奏了；另一方面汉语诗歌不像以双韵体为古典主义传统的英语诗歌那样避讳一韵到底，中途可以换韵，也可以不换。

莎剧翻译的文体性改变是两个不同的文学传统在转换过程中不可避免的问题，中西方对于诗体和散文体的定义，本质和特征都截然不同，分行和押韵是否构成诗体特征在莎剧的中英文版本中得到了截然不同的回答，而读本和戏剧脚本的区分则是西方戏剧传统在莎剧中的集中体现，也是近代西方要求用诗体翻译莎士比亚戏剧的根本缘由。通过原文和译文的对比研究可以发现，文体误译不仅改变了作品的对象群，使具有广泛群众基础的戏剧成为了更为高雅的诗歌读本形式，而且这种由于文体变化而产生的韵律改变，也在不改变原作信息量的基础上，细微地改变了作品冲突的力量分布，从而隐蔽地修改着作品的思想路线，这种现象可以被称之为"柔化"。

---

[1] 莎士比亚著，曹禺译：《柔蜜欧与幽丽叶》前言，人民文学出版社，1960年，第5页。

　　柔化并不是中国莎士比亚戏剧所独有的现象，西方翻译学发展早期对维吉尔作品和荷马史诗的翻译研究中就关注过译作与原作在语言力量分布上发生改变的情况，伏尔泰称之为"柔化"。中国莎士比亚戏剧翻译中的柔化现象特别典型，而且几乎所有的译者，无论采取了何种文体误译，都有意无意地将译者的关注重心投射在莎剧字里行间，其中利用韵律手段构成的柔化现在最为显著。

第2章
读本化影响下的柔化范式

中国莎剧翻译研究一直非常关注译者除了通过信息变更而对莎剧的改写，而往往忽视了更为隐蔽的文字力量和程度改变，也就是柔化现象。许多译者出于目标语文化的时代、历史和审美需要，在保持原文内容不变的基础上，运用韵律修辞工具，对莎剧的某些冲突进行了加强或者弱化，避重就轻，改变了原文的情感重心与诗性力量分布，这就是伏尔泰在讨论《荷马史诗》翻译问题中提出的"柔化"。莎剧的柔化作为一种典型的历史现象，是对于翻译中误译和改写研究的一个重大补充，对于建设有中国特色的文学翻译理念具有独特的意义。伏尔泰三百多年前提出的翻译柔化问题，因为缺乏合适的实证研究而仅仅停留在学术空想范畴。中国莎剧百年翻译历程为柔化现象的研究提供的丰富的素材，柔化现象研究提出了文学翻译中的一种特殊审美现象，不同于一般翻译学的误译，可以部分借鉴改写理论却又具有其独特的策略和形成根源，不仅是对于误译研究的局部深入，而且有可能成为翻译学理论指导下认识文学与外部世界关系的新视角。从翻译学的角度对中国莎剧翻译中柔化这一特殊现象进行具体的实证分析，并探索其中折射出来的翻译策略与历史需要，有助于阐述柔化现象的内涵、性质及其历史、文化和诗性价值。本章将从柔化的理论发展、韵律手段、修辞影响和审美意义四个方面来透视中国莎剧翻译中的柔化现象。

柔化主要是指文学翻译中信息量不发生显著变化而文字力量分布发生改变的情况。伏尔泰提出这个理论空想之前，欧洲翻译理论中早已对这种现象有了萌芽式的认识，在维吉尔作品和《荷马史诗》的翻译过程中零星出现过相关论述。伏尔泰之后的古典主义时期热衷于莎剧的文体改变和内容改写，反而开始逐渐忽略以柔化为代表的翻译微整形。柔化研究的理论部分可以以伏尔泰为历史界限，通过对欧洲翻译理论中有关柔化内容的梳理，从历史和传统的角度确立柔化的范畴和基本内容。柔化中最为明显的手段是韵律工具。莎剧翻译中抑扬格格律变化、分行与断行、押韵和节奏等韵律改变都使中文译本发生力量偏移的现象，从而对戏剧剧情冲突的美学影响，构成了翻译特有的修辞。莎剧翻译中的文体变化同时也不可避免地造成韵律格式改变，而韵律的变化直接导致诗行重音的调整。上一章中，《罗密欧与朱丽叶》阳台会的一幕中，重音从舞台灯光的聚焦点"朱丽叶"转为中译中的"东方"，就是韵律变化导致利率偏移的典型现象。韵律的冲击主要体现在韵和律两个方面，其一是押韵对韵脚所在词汇的强调；其二是节律起伏造成语义上的强化和弱化。此外，还有由于固定韵律和节律遭受破坏和割裂所形成的具有修辞意义的特殊力量分布变化。

众所周知，莎士比亚诗句以无韵的素体诗为主，除了每一幕的开头结尾有四句韵诗作为启幕和闭幕标志之外，其他诗行 90% 为五音部抑扬格不押韵的素体诗，原诗每行的重音主要是通过抑扬格而实现的；然而大量中文译者为了追求诗意而刻意押韵，不仅去掉了原有的抑扬格重音，而且构成了以尾韵重音为主的语言基调，连原文中大量阴性结尾的诗行，也成为了句末押韵的雄浑句子。这是两种语言文体特征和文学传统不同所造成了根本变化。事实上，方平新编的莎士比亚全集翻译也不能免俗地句末押韵，因而与原作的力量分布格局依然具有重大的差异。中文译本中韵脚的强化是为了弥补节律的弱化。

柔化作为翻译中的修辞手段，细微地改变了莎士比亚戏剧本身的隐喻话语体系，并以历史和现实合理化为依据，建立了与原文平行的象征系统。本章通过对莎剧翻译中柔化现象的方向和性质研究，探索其时代根源，揭示了莎士比亚神学观、命运观和荣誉观改写中的诗性手段。文学翻译反映原作内涵的方式类似于文学作品揭示人类情感情绪及外部社会变化的审美过程，柔化的审美功能体现在译作对于原作诗性功能的强化方式和程度。本章在全面总结柔化策略的基础上，通过分析翻译文本、莎剧源文本及莎剧中涉及的历史事件之间的互文关系，探索这个系列过程中的柔化现象与诗性上升途径。

　　莎剧群体性误译的原因复杂多样，总的来说源于目标语境对于原文某些内容不能理解、不能接受或者不能表达。从个体的角度而言，既包括无意的误译，也包括有意的误译。无意误译往往源于对原文的错误理解，或者错误猜测，例如朱生豪和梁实秋都把"weak slave"翻译成懦弱的奴隶或者奴才。个体性错误理解可能仅仅只是反映了个体译者的水平或者特殊想法，但是多个译者相似或者相反的错误理解，表明在翻译的认知同化过程中出现了干扰判断的因素，而且这种因素是一个群体意识。从这个意义上来说，对于群体性无意识误译的研究，有助于自我反省本民族特殊的认知结构或者前提。

　　相对于无意误译，群体性有意误译的情况则复杂得多，其中最为常见的是因为语言或者思维方式的差异而无法在目标语中找到完全对应表达方式的情况，于是译者往往会选择近似描述的方式，逼近原文表达，译文和原文意思虽然大致相似，但是在文字表达的力量重心、强度和范围等方面都与原文有着肉眼可见的差异，而这种误译是一个时代的译者无法修正的误译，但却在促进本民族语言和思想的创新与发展中具有无可替代的重要意义，尤其是在"五四"白话文高速发展的时期，大量外国文学翻译作品的出现为本民族的语言发展注入了巨大的生命力。最重要的不是文字创新本身，而是依托于文字的思想跃进。以莎剧翻译为例，《威尼斯商人》中对于"友谊"和"公正"等内容的翻译就体现了时代在传统与舶来之间对于这些问题的认知状态。

　　时代性误译不仅来源于信息不对称，还有可能源于译者或者读者不能或者不愿意接受原文的某些明示或者暗示而发生的故意曲解。例如"五四"时期的译者对于莎剧中的阶级关系、两性关系都不约而同地进行了曲解，反映了本民族的时代精神风貌。同时，近代救亡运动前后的莎剧翻译还增添了反对帝制、呼唤民族英雄、打败入侵者的内容，尤其是戏剧表演的改编，尺度更大，特别能够反映时代的需要。例如《麦克白》曾被改编为《窃国贼》以反对袁世凯的统治；再如《凯撒大帝》，无论是邵挺等人的文言文翻译，朱生豪的读本翻译，还是新民剧社对于该剧的演出，都强化了反侵略的内涵。

　　从具体的翻译手法上来看，剧本型译本更适应时代和地区性需要，而读本型译文则更为贴近原文的表达方式。但是，无论哪种译本也很少增添与原著不相干的情节、人物或者对话，因为尊重原作的文学名声，群体性误译往往以柔化的方式进行，也就是采用了与原文近似的表达，同时改变文字的力量重心、强度和范围。柔化策略构成了莎剧群体性误译的重要特征，对于改良式地发展中国的思维传统起到了无可替代的重要作用。

一、猥琐语的弱化

莎士比亚戏剧翻译中出现了大量群体性误译，建构了中国人对于莎士比亚戏剧的理解角度，实现了从文学翻译向翻译文学的转向，是中国文学翻译史上的特殊现象。朱生豪、梁实秋、曹禺等译者的译文对于"命运"不可抗拒性的消解，通过"柔化"——也就是重新分布语言力量的而实现的群体性逻辑误译，体现了原作开放性与译作诗性忠实的尺度和平衡，透视出一百年来穿越不同意识形态而历久弥新的中国翻译文学深层结构与文化基因。

文学翻译向翻译文学的转向，提供了有别于传统文学研究的崭新视角，通过原文与译文的对比研究，透视外国文学存在和产生影响的方式，反思本土文学的重心与缺漏，增加文学传统的丰富性和完整性，是本国文学的重要组成部分，也是文学批评后现代性的探索性实践。这种转向中值得研究的重要一环，就是译者的有意误译，尤其是大量译者在同一个历史时期对同一个命题的群体性误译，集中反映了翻译进入本国文学并产生影响的具体方式。朱生豪脍炙人口的莎剧全集翻译，曹禺为舞台剧《罗密欧与朱丽叶》的剧本式翻译，还有梁实秋具有学术价值的全集翻译，都以各自不同的形式实现了翻译文学的转向，不仅仅是语言的本土化，更重要的是对于莎剧思想逻辑的重新解读，改变了这部西方经典在中国的接受方式和程度，使之成为了中国文学不可分割的一部分。大量译者对于莎剧的群体性误译，包括对莎剧命运观、贵族观与政治观念的反思，是近代译者留下的宝贵思想财富，承上启下塑造了全新的文学经典范式。其中，许多译者对于莎剧中"命运"观念的共同误译，打破了宿命论和西方宗教思想在文学中的影响方式，是翻译文学史上的特殊现象。

莎士比亚戏剧中最为重要的主题之一就是人与命运的关系。《罗密欧与朱丽叶》中的一对恋人始终逃不开命运的捉弄，这种对于无常的命运的深思几乎贯穿于莎士比亚几乎所有戏剧。奥登在关于《罗密欧与朱丽叶》的演讲中指出："这出戏剧中，命运和选择相互交织。"[1]茂丘西奥的死，罗密欧杀死了朱丽叶的哥哥而被判驱逐，看起来似乎是一个接着一个的意外，但却又仿佛冥冥之中有一双手扭转着人物的命运走向不死不休的悲惨结局。

朱生豪将所有的 fortune 都翻译为"命运"，罗密欧在茂丘西奥死后也曾经感慨：I am fortune's fool！朱生豪翻译为："我是受命运玩弄的人。"朱丽叶向罗密欧表白说 "And all my fortune at thy foot I'll lay"（我就会把我的整个命运交托给你）。与此同时，他却又往往将 "fate" 翻译成了"意外的变故"。和 fortune 不同，fate 表示命运意义更加广阔，既可以表示好运，也可以表示糟糕的命运。fate 本身含有两层意味：其一是命运的不可避免与不可抗拒性，fatalism 就是宿命论；其二是命运无常，不可捉摸，无法预料。这两层意义在莎士比亚的笔下是无法分开的，共同构成了其复杂的命运观。《罗密欧与朱丽叶》序诗中写道，"From forth the fatal loins of these two foes/ A pari of star-cross'd lovers take their life"（是命运注定这两家仇敌，生下了一双不幸的恋人）。罗密欧和朱丽叶的死亡最终改变了家族的态度，但却付出了巨大的牺牲。以人的力量抗拒命运的安排，是莎剧人文精神的直接体现。然而朱生豪、梁实秋等诸多译者都将命运的沉重性消解掉了。例如第三幕第一场中，得知茂丘西奥的死讯后，罗密欧叹息道：

This day's black fate on more days doth depend;
This but begins the woe, other must end.

梁实秋翻译为：
今天的噩运会要连续下去；
这只是开始，还有悲惨的结局。

朱生豪翻译为：
今天这一场意外的变故，怕要引起日后的灾祸。

---

[1] W.H.Auden, Lectures on Shakespeare, Princeton University Press, 2000, p49: "Fate and choice operate in conjunction in the play."

梁实秋并没有纠缠于命运的翻译,而朱生豪则将 fate 翻译成"意外的变故",同时漏译了 on more days(继续下去),因为"意外"是无法简单地继续的,继续下去就不再意外了,延续下去的其实是预言中无法逃避的悲剧结局。朱生豪的翻译明显泄露了对于莎剧中"fate"这个词避开宿命性特征的倾向性误读。

两位译者并不排斥命运无常的观点,并将一切神秘的安排翻译为"命运"。例如第一幕第四场中罗密欧参加舞会前便有了预感:

I fear, too early: for my mind misgives

Some consequence yet hanging in the stars

Shall bitterly begin his fearful date

朱生豪翻译为:

我仿佛觉得有一种不可知的命运,将要从我们今天晚上的狂欢开始它的恐怖的统治……

梁实秋翻译为:

我恐怕还是太早;因为我有一种预感,某种悬而未决的恶运将在今晚狂欢的时候开始他的悲惨的程途……

曹禺翻译为:

我心里总是不自在,

今晚欢乐的结果料不定就坏……

曹禺的翻译将沉重的预言消解为轻快的调侃,梁实秋的译文最为沉重,只能以宗教获得心灵安慰而纾解宿命的痛苦;朱生豪的译文采用了增译法,增加了"不可知的"这个修饰语来描述命运,死亡的结局变成了不可知的不安。三位译者都回避了原文中的"fear",也就是罗密欧预见死亡宿命后的恐惧,而变成了对于未知性的迷茫与探索。原文中并没有使用"命运"(fate)这个词,而是用的 consequence(结局)的意思,然而三种译文都将人生"结局"翻译成"命运",本身就是对宿命性的消解。除了这三位主要译者之外,其他的译者和改编者也在大量剧本中有意无意地消解着西方式的命运观，例如李健吾改编《麦克白》中的女巫预言时，就将明确的预言改成了巫婆扶乩的含糊话语，预言产生的悲剧后果从对于命运不可抗拒性的敬畏，变成了闹剧和插科打诨的效果。

对于《罗密欧与朱丽叶》中对于命运必然性的消解，梁实秋归结于剧本情节本身所固有的偶然性，他在《译序》中写道："全剧虽然火炽，却缺乏深度。一般的悲剧主人公应该是以坚强的性格与命运作殊死战，然后壮烈牺牲；这一对恋人所患者乃是父母的愚蠢，其命运是偶然的而不是悲剧性的。"这种看法与他一直以来反对浪漫主义的观念有关系。梁实秋认为那些"浪漫的喜剧"是莎剧早期不成熟的作品，莎士比亚年轻时也不免会有"浪漫的幻想"，年长后便走出了这"浪漫的幻想"，而开始创作"严重的悲剧"。[1] 梁实秋对于《罗密欧和朱丽叶》的翻译，加强了命运之巧合，认为这是莎士比亚的原意。朱生豪也在《莎士比亚戏剧集·第二辑提要》中表达了类似的观点："命运的偶然造成这一对恋人的悲剧的结局。"[2] 这一句话是对于《罗密欧与朱丽叶·序诗》的改写，原句是"是命运注定这两家仇敌，/ 生下了一双不幸的恋人"，然而朱生豪在解读中为原文的"命运"增加了"偶然"的这一限制语，译文更是明确地以不可知性来概括命运的特征，以偶然性代替了偶然与必然的复杂结合，抹去了其中的宿命色彩，使这一段预言失去了预见和无法反抗的意味。

莎士比亚安排罗密欧对于自己的死亡做出预言，不仅仅是为了描述两个恋人偶然的相遇、偶然的称为仇家以及偶然的死亡。"预言"是莎士比亚戏剧中常见的戏剧手法，除了罗密欧参加舞会前的死亡预言外，最著名的当属《麦克白》路遇女巫的预言诗 [3]。德·昆西总结了莎士比亚戏剧中的超自然现象，总结了莎士比亚及浪漫主义对于神秘主义的偏好。预言不仅提前告知某种看起来不可能的结局来引起观众的悬念感，而且作为互文性手段丰富了戏剧表达的层

---

[1] 白立平著：《诗学·意识形态及赞助人与翻译：梁实秋翻译研究》，香港中文大学，2002年，第31页。引号内为梁实秋引自《偏见集》，文星书店，1969年。

[2] 吴洁敏、朱宏达著：《朱生豪传》，上海外语教育出版社，1990年，第268页。

[3] Malay, Jessica L.: Prophecy and sibylline imagery in the Renaissance : Shakespeare's Sibyls , New York: Routledge, 2010.

次感[1]。以预言这种神秘主义的提示方式揭示戏剧人物无法挣脱的命运，体现了莎士比亚复杂的命运观。布纳德·帕里斯在 2009 年的新书《和命运讨价还价：莎士比亚及其戏剧中的心理危机与冲突》[2] 中详细地分析了莎士比亚命运观的各方面内容，认为《罗密欧与朱丽叶》中命运既是偶然中的必然，也是必然中的偶然，二者缺一不可。过于强调其偶然性的做法，并不符合莎士比亚的本意，也会损害其中的诗意与巨大的文学能量。因为正是命运的不可抗拒，以及对于不可抗拒者的抗争，成就了两个恋人的神性化。[3] 换句话说，罗密欧与朱丽叶的爱情最伟大之处不在于最后的一死，而在于相恋之初便有了为爱而死的觉悟。罗密欧与朱丽叶爱情的神圣化，源于对于艰难甚至必死命运的无所畏惧，戏剧开头预言表明二人的死亡并不是纯粹的偶然。约翰逊指出："莎士比亚总是把人性放在偶然性之上。"[4] 这样一来，罗密欧死亡的预言中，将"结局"翻译成"命运"，其后又将"命运"翻译成"意外的变故"就属于译者典型的误读。

然而这种误译在当时的文化语境时无法得到修正，否则就会影响崇高人物形象的建立，进而阻碍剧情的流畅。原文中罗密欧的这段独白具有神秘的预言色彩，含有因为相信宿命而苦恼的意味，源于西方戏剧自俄狄浦斯王贵族宿命论传统，但并不符合新文化运动以来的精神追求，在中文中必须依赖译者的柔化，通过音韵变化、增译减译等翻译技巧，在不减少原文信息覆盖的基础上，通过改变译文中的文字力量分布，实现阅读聚焦点的偏移，淡化目标语中不能理解或者不愿意接受的字眼，是在表层对应的基础上产生的特殊误译。

莎士比亚的命运观偏重于对宿命的抗争，而中文译者却或多或少有将"命运"解释为意外变故的倾向，有意无意地替换了其中的宿命感，体现出来的正是时代的不同需要。莎士比亚所在的伊丽莎白女皇时期，以温和的方式回复血腥玛丽重创下的英国新教，更兼文艺复兴通过反对宿命、弘扬人的努力反对教

[1] Levith, Murray J.: Shakespeare's cues and prompts, London ; New York : Continuum, 2007

[2] Paris, Bernard J.: Bargains with fate : psychological crisis and conflicts in Shakespeare and his plays, New York : Plenum Press, 1991

[3] W.H.Auden, Lectures on Shakespeare, Princeton University Press, 2000, p48: "Romeo and Juliet have made each other divine."

[4] Johnson, Samuel: Preface to Shakespeare's plays, England: Scolar, 1969, xii–xiii.

会统治下的中世纪思想统治。因此,"反抗宿命"构成了莎士比亚戏剧中的主题之一[5]。命运观中的宿命成分构成了命运巨大影响力的一部分,贵族出身的主人公挺身反抗命运就具有深刻的反传统意义,是对中世纪命运观的反思,不同于东方佛教因果等观念,强调人的努力可以改变命运,缺乏集中批判宿命论的时代语境,导致罗密欧的宿命悲观与中国文学中少年贵族的形象格格不入,译者将对于宿命的反抗柔化而成了对于未知命运的不安,就成为了当时自然而然的选择。命运的误译导致人物形象发生了改变,译文中的罗密欧追求光明和爱情,温文尔雅,隐藏了宿命式悲观,其才子佳人的形象使剧情顺利地展开。译者对于罗密欧宿命悲观及其朋友之间"猥亵语"的柔化,并不仅仅是出于传统观念的影响,而是为了保证剧情在中国文学语境中的顺利发展。

莎士比亚戏剧具有典型的集中性,不仅是时间与空间的集中,更是剧情强度的集中。"我们全部的兴趣在于它的密集度……在这个地方,生活的意义时时刻刻以一种极大的强度表现出来。"[6]生活语境的不同极大地影响表达的强度。戏剧结尾,罗密欧与朱丽叶的悲剧能够获得巨大的同情,足以消弭两个家族的世仇,都是源于悲剧故事中勃发出来的巨大力量,这种力量在很大程度上缘于两个年轻恋人的惹人怜爱、令人惋惜的形象。试想如果主人公不是两位美好纯洁的少年男女,那么他们爱得死去活来的故事或许会让人觉得咎由自取;或许仍然怀着同情,但却少了深深的惋惜;抑或许也能激起受众的心灵波涛,但并不是因为莎士比亚对于《罗密欧与朱丽叶》所赋予的意义。所以戏剧开场不久,对话中就着力于树立罗密欧的好男儿形象,例如第一幕第四场两人在舞会上再次见面之前,罗密欧和朋友们带着火炬和假面来参加舞会,朋友们劝罗密欧上场跳舞,罗密欧却因为"阴沉的心情"而"不高兴跳舞",回答道:

A torch for me: let wantons light of heart,

Tickle the senseless rushes with their heels,

For I am proverb'd with a grandsire phrase;

---

[5] Richmond, Velma Bourgeois: Shakespeare, Catholicism, and romance, New York : Continuum, 2000

[6] 彼得·布鲁克:《唤起莎士比亚——1996 年 5 月 12 日在柏林的演讲》,上海戏剧学院学报,2003 年第 5 期。

I'll be a candle-holder, and look on.

The game was ne'er so fair, and I am done.

梁实秋翻译为：

让我打火把吧，让那些兴高采烈的浪荡子用他们的脚跟去搔那没有知觉的灯心草吧。因为我的心情正合于一句古老的谚语：

我愿做一只蜡烛台，在一旁观看。

无论这玩意儿多么好玩，我懒得动弹。

这句话用典较多，无法翻译出全部意思，梁实秋另加了两条注解解释指出，文中所说的谚语是"A good candle-holder is a good gamester"，意为"一个好的旁观者即是一个好赌徒"。按照中国人传统上对于正派男性的期待，绝不可能说出"让那些兴高采烈的浪荡子用他们的脚跟去搔那没有知觉的灯心草吧"这样的话，更不可能以"好赌徒"自比而洋洋得意。须知"戏剧对话存在双重困难：既要表述说话人的性格和语言节奏，又要对它们作一点更改以适应环境和别人说话的心境。伊丽莎白时代的戏剧中，可以说其重心定在吟诵韵文与散文之间的某个地方，这样它就可以根据是否得体的要求轻易地由一种文体转移到另一种，而当时所谓讲话得体主要取决于人物的社会地位和戏剧的类型"[1]。根据上下文的语境，罗密欧的答话应当是得体的，并且是令人愉快的，这才符合他作为悲剧男主角的身份，成为顺利地推动剧情发展，最后在悲剧中获得观众感情的净化。然而，察看原文不禁令人疑惑，罗密欧居然用的是"浪荡子用他们的脚跟去搔那没有知觉的灯心草"这么露骨含有色情意味而非高尚的语言，似乎并不是值得女性倾心的对象，反倒像是他自己所讽刺的"wantons"（花花公子），其爱情观和忠贞感都令人质疑。如果罗密欧并不是一个可爱的男人，那么整出戏剧就必须重新定义，而按照莎士比亚上下文的铺陈方式，罗密欧必须是一个美好的男性形象，然而按照中国读者的一般理解，他的台词却不够美好。

梁实秋译作《例言》中说莎士比亚戏剧"原文多猥亵语，悉照译，以存其

---

[1] 弗莱著，陈慧等译：《批评的解剖》，百花文艺出版社，2006 年，第 397 页。

真"[1]，然而问题在于莎士比亚时代的观众未必认为这是"猥亵语"。也许按照他们的眼光，富有才情的贵族男性就该这样说话。同样的道理，朱丽叶即使说着"He made you a highway to my bed"这样露骨的话，也仍然是英语中典型的纯情女孩形象，这是符合当时语境的表达习惯。朱生豪将这句话翻译成"他借你做牵引相思的桥梁"，许多学者以此为引，批评朱生豪译文深受封建礼教影响，不够重视原文，属于故意的雅译，甚至还有学者专门将之冠名为"雅化"。然而，这种观点没有考虑过此种改变是为了保证剧情顺遂地按照莎士比亚的原意发展，描述一对符合贵族阶层标准的淑美儿女的爱情悲剧，其戏剧语言在中国人看来称得上惊世骇俗，而在当时的英语语境中却很正常，并不是像梁实秋所认为的那样，所谓莎士比亚为了讨好下层观众而故意使用猥琐的语言，而很有可能是如实描绘了当时的贵族所最为认可的语言方式。

莎士比亚研究中大量的历史文献都是关于莎士比亚的贵族观与贵族形象的研究。"贵族，作为'高贵'的名词，具有很高的道德要求与期待。"[2]凯瑟琳·卡尼罗在《莎士比亚与贵族》[3]中指出，莎剧中的贵族形象是血统与道德观的统一，并构成了莎士比亚道德观的重要部分，而莎士比亚戏剧本身就具有强烈的道德教化目的。那么为什么莎剧中的贵族男性会使用大量"猥亵语"？女性主义莎士比亚研究学者瓦雷里·德布认为隐晦的性描写反倒是男权社会对于性焦虑的替代性表达，"将（女性）肉体的温暖转化为冷冷的、静止的物件，类似于珠宝、雕像和残骸"[4]。无论其使用性侵犯语言的潜意识如何，这些不过只是时代的矫饰行为方式罢了[5]。这种矫饰即使在当今的英国社会还能找到痕迹和线索。

---

[1] 莎士比亚著，梁实秋译：《罗密欧与朱丽叶·凡例》，中国广播电视出版社，2005年。

[2] Watson, Curtis Brown: Shakespeare and the Renaissance concept of honor, Princeton, N.J. : Princeton University Press, 1960, p136.

[3] Canino, Catherine Grace: Shakespeare and the nobility: the negotiation of lineage, Cambridge, UK ; New York : Cambridge University Press, 2007.

[4] Traub, Valerie: Desire and anxiety: circulations of sexuality in Shakespearean drama, London ; New York : Routledge, 1992. "The erotic warmth they once had is transformed into something cold and static, such as jewels, statues, and corpses."

[5] Maquerlot, Jean-Pierre: Shakespeare and the mannerist tradition : a reading of five problem plays, New York : Cambridge University Press, 1995.

保罗·福塞尔考察了当代不同阶层的语言特点，指出中产阶级是使用隐晦语（Euphemism）最多的阶层，而"贵族阶层"仍然保留了更加生动纯粹，或者说露骨的语言风格，比如"让我们玩玩藏腊肠的游戏"之类。[1] 这种对于贵族语言特点的不熟悉，导致了许多作品的误读，例如《唐璜》或者《叶甫盖尼·奥涅金》中，许多我们认为是批判性的描述，其实反而可能是褒扬性的。莎士比亚时代贵族语言风格的考证说明，所谓的"猥亵语"不过是不符合当代中国人的审美眼光罢了，但却是符合当时英国贵族身份和道德的表述方式。梁实秋所翻译的罗密欧的回答，从字面上看符合原意，但是并不符合读者期待，也很难产生莎士比亚时代的观众对于男主角的好感，这对于悲剧故事的铺垫是致命的。罗密欧以赌桌旁洞若观火的看客自喻，是个精致的浪荡儿，也是西方眼光中典型的贵族形象，是莎士比亚创造典型悲剧的常见手段。然而，中国读者更愿意接受更加含蓄的罗密欧，例如朱生豪的翻译：

拿一个火炬给我，让那些无忧无虑的公子哥儿们去卖弄他们的舞步吧。莫怪我说句老气横秋的话，我对于这种玩意儿实在敬谢不敏，还是做个壁上旁观的人吧。

曹禺的译文则是：

还是给我火把，

让心情轻松的人在地毯上舞得窈窕，

我情愿举着灯光在一旁瞧瞧。

因为现在我懂了一句老年人的话，

"不错！孩子们，玩得真好，可惜我已经太老。"

朱生豪译文在语体风格上发生了不少变化，不仅去掉了所有含性暗示的内容，而且使用了"老气横秋"、"敬谢不敏"等具有特殊形象的四字短语，塑造出一个出身于书香门第的中国贵族青年，使二人的爱情顺理成章、令人同情，为后文的悲剧结局作感情铺垫。这段话所塑造的男主角形象在剧情中充当了与

---

[1] 福塞尔·保罗著，梁丽真、乐涛、石涛译：《格调：社会等级与生活品味》，中国社会科学出版社，1998 年，第 16 页。

原文类似的功能。曹禺的译文也没有像梁实秋那样把罗密欧的"猥亵语"翻译出来,因为其译文是 1942 年应导演要求为舞台所写,必须首先保证"剧情流畅",因此译文中除去一些因为英语理解偏差导致的小问题之外,曹禺以最大的手笔剪裁了译文,将所有影响剧情、可能导致观众不解的旁枝末节直接略去,同时增加了超过 566 条 [1] 原作所没有的舞台指示,以适应舞台需要。曹禺在《译者前记》中提到了当时的翻译目的:"那时在成都有一个职业剧团(1944 年四川神鹰剧团在成都国民剧院的首演),准备演出莎士比亚的《柔密欧与朱丽叶》,邀了张骏祥兄做导演,他觉得还没有适宜于上演的译本,约我重译一下,我就根据这个要求,大胆地翻译了,目的是为了便于上演……有些地方我插入了自己对人物、动作和情境的解释,当时的意思不过是为了便利演员去理解剧本……后来也就用这样的风貌,印出来了,一直没有改动。" [2]

梁实秋的翻译问题不仅仅是语言本身不够流畅,更重要的是剧情无法文气贯通地发展下去。罗密欧的语言中所附加的意义非常丰富,戏剧中的信息分布阻碍了剧情在时间轴上的平滑流动,如果不能控制好戏剧节奏,就会产生阻塞感。这并不是译者的问题,而是原作在异国土壤中的适应性。梁实秋选择了以莎士比亚研究学者作为自己的主要读者,所以不担心剧情节奏的松紧。他的翻译,"更类似于文学批评或文学理论,而非诗歌本身" [3]。朱生豪译文中对于"猥亵语"的误译,不能简单地用"雅化"这种说法来归纳。首先,原文中的表达在当时看来未必不雅,因此译文也就不存在"雅化"问题,顶多只能算是一种柔化;此外,朱生豪对于性暗示内容的柔化,可能还具有特殊的象征意义。他曾经在书信中写道:"精神恋爱并不比肉体恋爱更纯洁。但这种'哲学的爱'是情绪经过理智洗炼后的结果,它无疑是冷静而非热烈的,它是 Non-Sexual 的。" [4]考虑到莎士比亚戏剧在中国进行翻译的时候已经具有了崇高化和神圣化倾向,完全不同于最初在剧场演出时娱乐大众的身份,因此朱生豪在翻译《罗密欧与

---

[1] 王青:《论曹禺的莎剧翻译艺术》,2009 年第二期《长城》,第 54 页。

[2] 莎士比亚著,曹禺译:《柔蜜欧与幽丽叶》前言,人民文学出版社,1960 年。

[3] 保罗·德曼:《结论:瓦尔特·本雅明的'译者的任务'》,陈永国主编:《翻译与后现代性》,中国人民大学出版社,2005 年,第 51 页。

[4] 朱生豪著:《朱生豪书信集》,东方出版社,2005 年,第 322 页。

朱丽叶》期间写的这封书信，可能是朱生豪对于莎士比亚的特殊理解，每每遇到猥亵语而导致剧情凝滞时便怀疑是自己的理解不够深刻，于是从尽力挖掘其隐喻的意义，而不是故意标新立异。

朱生豪与梁实秋完全相反的译法，与共同的文学价值传统有关。文学在中国文化传统中的地位令西方诗人感到羡慕，古代的中国诗人同时也是社会秩序的制定者，形成了全世界独一无二的士大夫阶层，文学决不仅仅是一种娱乐。梁实秋在《文学的严重性》中强调"文学不是给人解闷的……文学家不是给人开心的"，创作是出于"内心的要求"[1]。沉重的文学观促使译者以特别慎重的姿态来解读外国文学经典，将本土文学中不常见的现象理解为某种特殊的象征体系也大有可能。然而梁实秋没有想到，莎士比亚戏剧在莎士比亚时代的确就是"给人解闷的……给人开心的"，可见"经典化"本身就有可能改变作品解读的方式与程度。

二、语体差异的弱化

《罗密欧与朱丽叶》中的不同人物语言都体现了其阶层身份。乳母的语体特点在于，其英语表达的语法和口音都不规范，而且没有使用敬语，没有表现出明显的尊卑关系，属于受教育程度不高的平民语言。必须强调的是，莎士比亚时代的戏剧是多阶层的共同娱乐，有钱人坐在包厢里看戏，不识字的农夫走卒也可以买一张最便宜的戏票站着看，颇有中国古代昆曲满天下的盛况。因此，平民的声音必定会在戏剧中出现，而不会被剧作家回避或者以居高临下的方式来对待，然而这个时代本身已然无法复制。尤其重要的是，会选择阅读外国文学的中国读者和观众基本都是受过大学及以上教育的人。译者们作为脱离市井语言的文人代表，往往很难完全成功地模拟乳母等人的语言，同时过于粗俗的语言受到了受众的心理抵制。这样的情形在文人戏剧《牡丹亭》也可以看出来，作为插科打诨形象出现的石姑姑，即使用方言说着满口下流话，也和真正地方戏中的粗俗语明显不同。更加值得注意的是，《牡丹亭》多次舞台演出中往往删减了石姑姑的戏份，保留了小丫环评毛诗作为搞笑噱头。创作和受众的心理

[1] 《梁实秋文集》编辑委员会编：《梁实秋文集》，鹭江出版社，2004 年，第 271 页。

排斥，导致了戏剧中模拟粗俗的力量弱化。

当然，即使在原文中，两个阶层的对话也很难续接，因此奶妈接过夫人的话头，用了"no less"作为榫子，接续两个话轮。莎士比亚不得不采取这种非常形式化的话轮转换方式，也体现了二者对话基调的难以统一。相较之下，朱丽叶回答母亲时的接续就自然得多，不留痕迹地将话题主语从 he 转为 I，俏皮的比喻与夫人所用的庄重比喻形成了反差。其后，仆人上场，用了一系列被动语态的程式化汇报句式请三人参加筵席。之后，夫人和奶妈对此的回答，决不会让人们混淆她们俩的身份。一位贵族夫人一般不会将女儿称为"girl"，而奶妈也不会说"We follow thee"这样含有古语词 thee 与书面词 follow 的句子。鉴于莎剧强大的语体控制，现代莎剧表演往往不上妆不穿戏服，而是由演员完全穿着西装和套裙进行表演，就是为了突出莎剧语言本身的力量。然而无论朱生豪还是曹禺的翻译都不可能完全做到这一点，请看两人的译文。

朱生豪译为：

凯普莱特夫人：你怎么说？你能不能喜欢这个绅士？今晚上在我们家里的宴会中间，你就可以看见他。从年轻的帕里斯的脸上，你可以读到用秀美的笔写成的迷人诗句；一根根齐整的线条，交织成整个一幅谐和的图画；要是你想探索这一卷美好的书中的奥秘，在他的眼角上可以找到微妙的诠释。这本珍贵的恋爱的经典，只缺少一帧可以使它相得益彰的封面；正像游鱼需要活水，美妙的内容也少不了美妙的外表陪衬。记载着金科玉律的宝籍，锁合在漆金的封面里，它的辉煌富丽为众目所共见；要是你做了他的封面，那么他所有的一切都属于你所有了。

乳媪：何止如此！我们女人有了男人就富足了。

凯普莱特夫人：简简单单地回答我，你能够接受帕里斯的爱吗？

朱丽叶：要是我看见了他以后，能够发生好感，那么我是准备喜欢他的。可是我的眼光的飞箭，倘然没有得到您的允许，是不敢大胆发射出去的呢。

仆人：太太，客人都来了，餐席已经摆好了，请您跟小姐快些出去。大家在厨房里埋怨着奶妈，什么都乱成一团。我要侍候客人去；请您马上就来。

凯普莱特夫人：我们就来了。朱丽叶，那伯爵在等着呢。

乳媪：去，孩子，快去找天天欢乐，夜夜良宵。[1]

曹禺译为：

凯布夫人：

你心下怎么样？可喜欢？今晚筵席上就会看见。

先把他的脸当做一本书念，你会找出多少愉快多少美，

每一条纹路，每一根线，

露出多少春天的明媚。

他脸上的文章如若看不清爽，

那一定在他眼神里写得明朗。

这本书虽好，可还缺少一个书套，

叫他更美，还得爱装进他的怀抱。

鱼或在海里，鸟儿在巢，

优美的内容就该嫁给优美的外表。

在年少人的眼里，这本书是黄金一样的贵重，

你就分享他的一切，

一切他的光荣。嫁给他，

你的福气只有增加，再不会差。

奶妈：差，才不，我怕早晚要大，

女人总跟着男人们发。

凯布夫人：说爽快，你能喜欢霸礼吗？

幽丽叶：我先试着去看，如果看一下，

也能动人的情感。

我暂把眼神当作一支箭，

母亲许我射多远我就射多远。

仆人：夫人，客都到齐了，晚饭也预备好。大人请您就去，小姐也有人等。

---

[1] 莎士比亚著，朱生豪译：《罗密欧与朱丽叶》，人民文学出版社，1978，第一幕第三场。

厨房里人又在吵架，什么事都乱糟糟，小的还要出去侍候，就请夫人小姐立刻出去吧。

　　凯布夫人：好，我们就去。

　　幽丽叶：你看霸礼已经来到。

　　奶妈：快去找，孩子，这一下快乐的夜晚跟着快乐的白天跑。[1]

　　值得注意的是，朱生豪翻译中奶妈的"夜夜良宵"固然过于雅致；曹禺译文中朱丽叶的"母亲许我射多远我就射多远"却也有损于淑女的语言要求；同时曹译中奶妈的话"差，才不，我怕早晚要大，女人总跟着男人们发"的押韵，初衷或许是形成打油诗的效果，但事实上仍然改变了原文的语体特征。好在中国的莎剧读者群落并不是莎士比亚时代用一便士站着看戏的底层群众，似乎并不介意没有从奶妈口中听到熟悉亲切的市井之腔，反倒故事里的人物都说着类似的腔调，反而更好懂些。这种现象也从侧面反映了多个中文剧本的读本特征，即使曹禺与田汉的剧本最初是为演出而设计，然而其作为剧本在语体色彩上的分裂性或许也并没有达到译者本人的预期。最近，皇家莎士比亚剧团打算在莎士比亚忌辰 400 周年上演中文莎剧，为此正积极编纂适合演出的中文莎剧剧本。已有的中文译本都不能完全反映舞台演出的需要，剧团认为应该和莎士比亚时代那样，由译者（剧作家）与演员在表演过程中敲定每一句台词的适当表达，认为这才是戏剧的传统。从这个意义上来看，中国的戏剧发展起步较晚，传统不够丰厚，可能是莎剧翻译读本化的直接原因。

　　伏尔泰在写给安娜·达西夫人的信中指出："我相信法国有两三位翻译家能把《荷马史诗》翻译好，但我同样确信，没人愿意读译文除非把原文中的一切都柔化（soften）并修饰。夫人，你要为自己的时代写作，而不是为了过去的时代。"[2]虽然在原文和译文的二元对立中，原文似乎总是处于支配地位；然而在目标语的语境中，只有当代译文才是主导和支配的，使原文的逻辑关系变得容易理解或者容易接受，从而保证剧情流畅以及诗意的发展。中国群

[1] 莎士比亚著，曹禺译：《柔密欧与幽丽叶》，人民文学出版社，1979 年，第一幕第三场。

[2] 安德鲁·勒夫威尔编，夏平译：《翻译、历史与文化论集》，上海外语教育出版社，2004 年，第 30 页。

体性误译，并非因其群体性而获得合法性，而是认知发展的必经之路。两个或者两个以上主要莎剧翻译者对同一段文字所发生的共同误译，体现了莎剧译者在大量翻译和重译中逐步确立的诗性忠实翻译原则，不仅对原文负责，更重要的是保持莎剧的诗性开放。群体性误译是中国莎剧翻译中的特殊现象，合力改变了中国翻译传统，走上了与西方翻译思想不同的道路，突破了操纵学派基于个体研究的改写理论和描述学派对于翻译规则的一般性描述，也无法完全用埃斯卡皮的"创造性叛逆"来解释，体现出中国莎剧翻译文学特有的传承和焦虑，透视出一百年来穿越不同意识形态而历久弥新的中国文学深层结构与文化基因。

三、等级差异的强化

事实上，越早的译本中，越本土化的表达越让当代读者觉得很不自然。例如朱生豪译本在称谓上将表示贵族身份的 lord 翻译成"大爷"，或者用"官人"、"郎君"，甚至"小姐"之类的称谓来刻画奶妈的语体身份，有时朱丽叶甚至会称呼罗密欧"冤家"。称谓问题不是一个小问题，而是社会关系的总和，因此称谓的误译本质上是对于人物对立关系的柔化或者尖锐化。

朱丽叶的乳母及曾经这样劝说朱丽叶接受帕里斯：

真是一位好官人，小姐！像这样的一个男人，小姐，真是天下少有。嗳哟！他真是一位十全十美的好郎君。[1]

并不是所有本土化言辞都能通过时间的筛选。像"姑爷"这样凝结着社会关系与意识形态背景的身份名词，即使在当时读起来不觉得别扭，如今却变得越来越难以教人接受。原文如下：

A man, young lady! lady, such a man,

As all the world - why, he's a man of wax.

---

[1] 莎士比亚著，朱生豪译：《罗密欧与朱丽叶》，人民文学出版社，1978 年，第一幕第三场。

曹禺和梁实秋的翻译将"man"翻译为"人"或者"男子"。

曹禺翻译为：

哎呀，小姐，这才是个漂亮人呢，真是呀，要多好有多好。——蜡做的似的，没挑剔，简直找不出第二个呀。[1]

梁实秋翻译为：

是个好男子，小姐！这个人可以说是全世界——唉，他是个标准男子。[2]

从这一段翻译中，朱生豪有意增加属于那个时代的称谓，本意是为了保留奶妈啰啰嗦嗦的语体特征，但是内心深处却很反感字词重复，这不符合中国人的审美观，因为受中文词汇分布特征影响，自古就有通过炼字来避免用词重复的传统。因此朱生豪用了"官人"、"男人"、"郎君"三个词来对原文中的三个"man"。值得注意的是，曹禺也刻意避开了"人"的重复使用，梁实秋则从三个"man"减少为两个"男子"。相比之下，曹禺翻译成无差别的"人"可能更加安全，因为其他的翻译都附加了太多阶级内涵。一般来说，文学作品中最先过时的必然是与社会结构和社会关系有关的内容，而称谓本身就是社会关系的集中体现。例如中文中表示称呼亲戚的词汇特别发达，从爷爷外公到孙子孙女，几代人拉拉杂杂近百个词汇就从侧面体现出宗族制度的发达；再如哥哥弟弟在英语中都是"brother"，不强调年龄区分，所以西方人很难理解中国式的"长幼有序、尊卑有别"。

"姑爷"这个词具有深厚的社会背景。姑爷就是女婿，但是"婿"一般是岳父母等长辈才能叫的，而姑爷作为俗称，是由姑娘衍生而来。过去大户人家的女孩年岁稍长，就会被丫鬟仆人称为姑娘，主人生来辈分大，所以就叫娘；及出嫁之后，婿的辈分和女孩相同，故下人称之为姑爷，本质上是将身份高的人当作"爷爷"辈的长辈来尊敬的意思，所以朱生豪误译地使用了"姑爷"这个词，其实是将乳母的身份代入到中国的尊卑环境中来理解。

---

[1] 莎士比亚著，曹禺译：《柔密欧与幽丽叶》，人民文学出版社，1979年，第一幕第三场。

[2] 莎士比亚著，梁实秋译：《罗密欧与朱丽叶》，《莎士比亚全集》，中国广播电视出版社，2005年，第一幕第三场。

其实，莎士比亚剧中的主仆关系，与中国的尊卑关系有着巨大的差异。或许是为了争取下层观众的票房，也或许英国社会还没有从"臣"文化发展成"奴才"文化，因此莎士比亚剧中的仆人绝对没有在尊严上比主人低贱，也从来没有自甘下贱的话语。上文中仆人对夫人的催促："太太，客人都来了，餐席已经摆好了，请您跟小姐快些出去。大家在厨房里埋怨着奶妈，什么都乱成一团。我要侍候客人去；请您马上就来。"莎士比亚把仆人当成一种正常的职业来对待，而在中国文化中，决不会出现"我要侍候客人去；请您马上就来"的敦促语。事实上，朱生豪的翻译已经有所柔化，曹禺的翻译就更加不客气："小的还要出去侍候，就请夫人小姐立刻出去吧。"其中，"小的"也是自卑语，但是与后文不客气的催促连用，反倒有了讽刺的意味，而无论是朱译还是曹禺所附加的人物关系复杂性，都是原文所没有的，原文中仆人说："Madam, the guests are come, supper served up, you/ called, my young lady asked for, the nurse cursed in/ the pantry, and every thing in extremity. I must/ hence to wait; I beseech you, follow straight." [1] 这些短句都是典型的套话，类似于如今的"日常服务用语"，而没有任何表明尊卑关系的含义。

值得深思的是，几乎所有的译者都不同程度地在翻译中添加了尊卑关系，甚至导致了许多误读。例如《罗密欧与朱丽叶》第一幕第一场中有一段两个仆人之间的对话：

Sampson:

A dog of that house shall move me to stand:

I will take the wall of any man or maid of Montague's.

Gregory:

That shows thee a weak slave; for the weakest goes to the wall.

其中"a weak slave"朱生豪翻译成"软弱无能的奴才"，梁实秋翻译成"柔弱的奴才"，曹禺的译文中没有翻译这句话。经典的译者们都没有意识到，莎士比亚笔下绝对不可能出现一个仆人骂另一个仆人做奴才太软弱的意味。莎剧

---

[1] Shakespeare: The Complete Works of William Shakespeare, Oxford Press, 1960.

中的仆人侍童即使混水摸鱼、搬弄是非，也决不会互相攀比做"奴才"的合格程度，这是文艺复兴时期普通人的荣誉观所决定的。"荣誉是公众的自尊意识"，主要体现在"根据价值和等级所给予的崇高敬意、尊重和赞许"[1]，是正向的尊重而不是反向的侮辱与自我轻贱。事实上即使是"奴隶"也远远不同于中文中的"奴才"。但是更加重要的是，原文中的"slave"并不是表示"奴隶"的阶级身份。

"slave"的意思有两种，既可以表示奴隶，也可以表示受到某种性格或者习惯控制的人。"a weak slave"既可以表示软弱的奴隶，也可以被软弱困住的人，也就是非常懦弱无能的人。结合下文"只有最软弱的人才会躲在墙地下"，由此可见"a weak slave"的意思应该是后者，意思是"屈服于软弱"。当然，如今"a weak slave"已经成为英语中的常用短语，意思就是"懦夫"。然而，回顾中文译本，几乎所有译者都在表述等级关系的词语 slave 中发生失误而不觉得别扭，这是非常值得深思的现象。

朱生豪与梁实秋共有的误读，或许有人会认为这是互相借鉴的结果，殊不知朱生豪在翻译《罗密欧与朱丽叶》时并没有参考梁实秋的译文。朱生豪先翻译喜剧，后翻译悲剧，刚开始不久翻译到《威尼斯商人》的时候曾经参考过梁译。梁译的《威尼斯商人》早在 1936 年就出版了，但是《罗密欧与朱丽叶》却翻译较晚，直到 1964 年义星书店才出版莎士比亚戏剧二十册收录此文，这时朱生豪早已过世，不可能借鉴梁译。即使是《威尼斯商人》的翻译，朱生豪也有些小小的得意，觉得自己译得更好些："当然比起梁实秋来，我的译文是要漂亮得多的。……我已把一改再改三改的《梵尼斯商人》正式完成了，大喜若狂，果真是一本翻译文学的杰作！把普通的东西翻到那地步已经不容易。莎士比亚能译到这样，尤其难得，那样俏皮，那样幽默，我相信你一定没有见到过。"[2]这些当然无足轻重，关键在于两位译者殊途同归的误读与误译，事实上体现了

---

[1] Watson, Curtis Brown: Shakespeare and the Renaissance concept of honor, Princeton, N.J. : Princeton University Press, 1960. p136: "Honor as public esteem…High respect, esteem, or reverence accorded to exalted worth or rank, deferential admiration or approbation."

[2] 宋清如编：《寄在信封里的灵魂——朱生豪书信集》，东方出版社，1995 年，第 377—385 页。

其道德观念对于诗性的改变。

对于等级关系的误读在下面这段翻译中更加明显：

Abraham: Quarrel sir! No sir.

Sampson: If you do, sir, I am for you: I serve as good a man as you.[1]

朱生豪翻译为：

你要是想跟我们吵架，那么我可以奉陪；你也是你家主子的奴才，我也是我家主子的奴才，难道我家的主子就比不上你家的主子？[2]

梁实秋翻译为：

如果你想打架，先生，我可以奉陪：我伺候的主人一点也不比你们的差。[3]

仔细推敲原文，为什么仆人吵架会说出 "I serve as good a man as you" 这样的话？打架与否和主人是不是好人并没有直接联系。考察前文，山普孙决定是否挑衅之前还曾问过另一个问题："Is the law of our side if I say ay"（要是我说是，那么打起官司来是谁的理直）。哥莱古里说："No"，因此山普孙打消了打架的念头，服了软；然而第一轮冲突尚未完全平息，第二轮冲突又开始逐渐酝酿，于是山普孙说出了上面的台词，表明自己打架也不怕，就算法律上不够理直气壮，但是有主人在后面撑腰。所以 "I serve as good a man as you" 的意思有点儿类似于"我们的老板和你们的一样牛"，其中满含着骄傲感，而不是奴才气，而译文中侍从对于主人的理解和原文具有较大的差异。中国文化中的等级要素，深刻地影响了译者在莎士比亚戏剧翻译中对于身份差异的理解和表达，这是新旧参半的直接表现。

类似的例子还有很多，例如第四幕第五场中，彼得与乐工吵嘴，有这样一段话：

---

[1] Shakespeare: The Complete Works of William Shakespeare, Oxford Press, 1960.

[2] 莎士比亚著，朱生豪译：《罗密欧与朱丽叶》，人民文学出版社，1978 年，第一幕第一场。

[3] 莎士比亚著，梁实秋译：《罗密欧与朱丽叶》，中国广播电视出版社，2005 年，第一幕第一场。

Peter:

No money, on my faith, but the gleek;

I will give you the minstrel.

First Musician:

Then I will give you the serving-creature.

Peter:

Then will I lay the serving-creature's dagger on

your pate. I will carry no crotchets: I'll re you,

I'll fa you; do you note me ? [1]

乐工的 "Then I will give you the serving-creature." 朱生豪翻译为 "那么我就骂你是个（下贱的）奴才"，梁实秋翻译为："那么我就称你为（伺候人的）奴才。" 两位译者为了把骂人的语气表达出来，都刻意在翻译中增添了内容。读者并不能说两种翻译不够忠实，但是如果和原文对比，程度的差别还是相当大。serving-creature 是 serving-man 含贬义的表达，类似于 "小朋友" 和 "小屁孩" 之间的语体差异。其实乐工的话翻译成 "那我就骂你是个奴才" 足以，与下文 "那么我就把奴才的刀搁在你们的头颅上"，也能够自然地衔接。那么，为什么两位译者要通过添词来加深辱骂的程度呢？大概是觉得 "奴才" 这两个字还不足以构成侮辱吧。考察莎剧中 slave 的使用就会发现，虽然在《错误的喜剧》中，主人也会用 "slave" 来称呼家里的仆人，但是仆从之间很少这样相互指陈。译者的做法，固然可以称为柔化，其本质上是本土思维在翻译中的强化。柔化作为力量的重新分布，语气重心的转移，本身包含着强化和弱化的统一，而对于等级关系的强化，是近现代莎剧汉译不可推卸的历史包袱。莎士比亚戏剧具有一切戏剧共有的集中性与分裂性。集中性表现为舞台和剧情在时间空间维度的集中；分裂性则是因为戏剧依靠对话来推动，不同的人在作者心中发出各种截然不同的声音，所以写剧本和翻译剧本必定是一件精神高度分裂的活动。朱生豪翻译莎剧，翻得最漂亮的当属贵族独白，内心越

---

[1] Shakespeare: The Complete Works of William Shakespeare, Oxford Press, 1960.

矛盾，原文越抒情，并且这种矛盾越游离于剧情而具有诗歌读本特征，译者就翻得越漂亮。错落有致的韵律、丰富雅致的词汇、起伏悠扬的长句，都是译者拿手的抒情工具；然而在临摹市井语言时，却要么变成了言语通俗的贵族，失了风趣；要么多了奴性，失了自得其乐与不卑不亢。关于人物身份与社会关系的解读失误或许可以归咎于历史的影响与时代的局限，莎士比亚在文艺复兴中最伟大的贡献，莎士比亚戏剧留给中国人最宝贵的财富，就是他笔下所有的人都同样高贵。

第 3 章
开放性与多重解读的诗性价值

　　群体性误译与诗性忠实观的发展具有辩证关系。莎剧翻译作为经典的文学作品翻译，其核心价值不是信息的简单传递，而是对于诗性逻辑的尊重与提炼。元素性误译与诗性忠实之间具有非常复杂的关系，有时局部失真甚至保证了整体的逻辑性真实。更加重要的是，诗性忠实并不仅仅是对于原作的忠实，正是因为莎剧所特有的开放性和模糊性，使许多群体性误译构成了对于莎剧的多重解读，可以说诗性忠实本质上是对于某种最高审美价值的维护。群体性误译并非因为其群体性而获得合法性，而是始终以其对于诗性逻辑的尊重而赢得了诗性价值。除了翻译美学层面的探讨之外，莎剧群体性误译的变化还反映了本民族文学与文化传统的变化，例如不同时期的译者对于莎剧中血统决定论的不同误译，呈现出中国等级价值观念的历史性变迁。本章将通过纵向分析误译文本，剖析其中所体现出来的翻译美学观念和文化基因的双重传承，着重探讨莎剧群体性误译在诗性忠实翻译理论与民族文化发展进程中的路标性意义，分析其对于本民族诗性传统发展所具有的历史价值。中国沙剧翻译传播过程中产生的群体性误读，通过文学名声、忠实和筛选的要求之间的权力博弈不断发展着莎士比亚戏剧的内涵。在莎士比亚戏剧中国化的过程中，群体性误读构成了不平等主体生存和产生影响的方式，其合法性归根到底取决于对诗性价值的忠实方式和程度。莎士比亚戏剧作为经典文学作品所表现出来的开放性特征，逐渐取代了文学名声的操纵，成为了在异时空传播和发展的推动力，并通过柔化在传播过程中不断扩展着文化的边境。

权力是基于不平等的操纵关系,在文学作品中表现某种影响力或者推动力。翻译和演绎中的权力分配,体现的正是这种不平等关系所产生的影响。除了语言文学之外由于历史和制度造成的不平等之外,文学语言本身也是不平等的源泉。虽然按照一般的理解,不同国家的语言之间或者不同的媒体表现手段之间并没有优劣之分,但是从具体的艺术形式或者作品而言,语言和文学内部的不平等是无可避免的,某一部作品可能具有巨大的语言表现力和文学力量,从而对其关联作品产生各种影响力和推动力。莎士比亚戏剧作为一部经典文学作品,对其在中国的翻译和传播衍生作品产生了相互制约的权力关系。

中国莎剧群体性误读是外国文学传播史中非常独特并具有极高诗性价值的现象,任何欧洲国家的历史上都不曾像中国过去一百年那样,在如此集中的历史时期,在古典诗学与西方现当代各种思想观念激烈碰撞的时代,产生了如此大量成就极高、影响很大的莎剧翻译、重译和演绎。个体译者的无意识误译逐步上升为群体性误译,并通过舞台剧和影视媒体将这种误读不断传播与扩散。中国莎剧的群体性误读,最初是通过误译而实现的。莎剧误译研究是全球范围内的研究热点,欧洲莎剧翻译研究重点关注译本对欧洲文学运动的启发与影响,例如肯·拉森研究施莱格尔译本的误译对浪漫主义的影响,法国杜锡斯译本的文体性改编则反映了法国古典主义戏剧的要求并通过其他语种的转译,将法国古典主义戏剧观向整个欧洲扩散,在欧洲身份认知的建立过程中产生了深远的影响。

如果说欧洲莎剧误译研究主要集中于误译的美学价值,那么中国莎剧的群体性误译反映的更多的不仅仅是美学冲突,而从根本上来说是伦理与文化冲突,是对于西方式的血统决定论、宿命论和阶级意识的扬弃,其思想基础是晚清士大夫流风与平民知识分子崛起的思想磨合,是对于与中国传统迥然不同的性别对立和等级对立的全面反思;不仅仅是文学现象,而是个人才能与中国道德传统和历史格局碰撞的火花。例如莎士比亚戏剧中高贵的品格往往与高贵的出身紧密联系,然而"五四"时代译者对出身论的仇视和当代改编者的刻意回避都消解了哈姆雷特复仇中维护莎士比亚式"荣誉"和"正统"的意义。再如莎剧中无所不在的预言来自《俄狄浦斯王》中的悲剧宿命传统，宿命的悲观构成了莎士比亚特有的烘托悲剧力量的手段，然而李健吾改编《麦克白》时却将其中的女巫预言改成了巫婆扶乩，朱生豪和曹禺等译者也将《罗密欧与朱丽叶》中关于二人必死结局的预言误译成命运的意外，宿命的消解反映了近代反抗宿命论的要求，在特定时代起到了积极的作品。莎剧传播过程中，译者、导演和演员们的个体选择与集体无意识在翻译、重译和多次演绎中反复博弈，集中体现了近代面对异质文化冲击时中国诗学与伦理价值传承的特殊形态与方式，既改变了莎士比亚戏剧被解读的方式和程度，也在这个过程中改变了中国的文化传承本身，构成了外国文学传播与影响的重要内容。

莎剧的翻译和传播是一个复杂的合力过程，其中不可避免地受到了许多阻力，译文和演绎作品影响范围越广，受众情况越复杂，受到的阻力也越大，而这种阻力归根到底源于传播过程中的不平等。当代主要翻译和传播理论模仿说和规范说都承认原作、译作和演绎作品之间事实上的不对等与不平等，而理解不平等者之间的关系，就必须研究其中的权力分布，包括这种权力分布的表现形式和影响要素，因为传播过程的权力分布直接影响到作品诗性价值的实现方式与程度。

一、文学的名声

赫曼斯（James S Holmes）仿照西方文艺评论的摹仿说，提出了翻译中的模仿说，也就是"现实：原诗::原诗：次诗"[1] 的经验公式。这个公式虽然还比较粗糙，但是却指出了一个重要问题，那就是"模仿说……要求艺术证明自己有正当的理由……艺术价值的独特问题出现了。"[2] 对于艺术价值问题，普通传播学研究可以通过建立模型定量计算，用相对统一的关联变量对于诸如动力、竞争力等问题进行考察，来研究文化市场的传播规律，从而精确地计算艺术作品的市场价值，但却无法衡量作品在翻译传播中体现和产生的诗性价值，因而

---

[1] Holmes, James: Translated, Amsterdam: Rodopi, 1988, p10。这里的次诗译自 metapoem，主要是指译作以及演绎作品；"::"表示"相似于"。

[2] 苏珊·桑塔格著，程巍译：《反对阐释》，上海译文出版社，2003 年，第 3 页。

也就无法解释传播过程中的误译和曲解所具有的审美意义。

诗性价值本身并不构成传播影响的动力或者阻力，是市场和受众对于诗性价值的认识，具体来说也就是作品、作者或者演绎者的文学名声实现了权力，反过来影响作品的解读、释译和演绎。文学名声所产生的权力问题也成为了作品诗性价值传播研究与评价中的关键。翻译和演绎之所以要对原作保持忠实，主要在于译作借助了原著的文学名声而获得认可，因此译者不可私自盗用原著的文学名声来成就自己的思想传播。从这个意义上来说，庞德改编式地翻译李白，或者林纾翻译大量外国文学作品的行为就具有了根本的合法性，因为原著在目标语境中并不著名，反而是译者的名声对于原作的传播起到了关键性作用。读者们完全就是冲着庞德或者林纾的名字买书阅读。译者和导演们建立了属于自身的文学名声，形成了排他性的权威。然而，莎士比亚翻译具有其特殊性，即使像梁实秋这样在中国文学史上有着巨大影响的文学家也不敢拿自己的文学名声与莎士比亚作比较，所有的译本都是在莎士比亚的符号之下大行于世，因此按照经典的翻译学理论，任何译者都没有权力以不忠实的态度来译莎。然而完全忠实的译文是不可能实现的，因此从行为上来说一切翻译都是非法操作。莎剧译者朱生豪在《书信》中的一段话就道出了翻译非法性给译者带来的自我怀疑和痛苦："我真想再做一个诗人，因为做诗人最不费力了。实在要是我一生下来的时候，上帝就对我说：'你是只好把别人现成的东西拿来翻译翻译的'，那么我一定要请求他把我的生命收回去。"[1] 但是翻译的非法性并不意味着翻译文学没有价值。正好相反，即使顶着这样的风险和痛苦也要坚持做下去的事情，才是真正伟大的事业。正如安德鲁·勒夫威尔所说的那样："翻译往往是评价原作在特定历史条件下的诗学影响最好方式，因为译者在多大程度上将诗意本土化，也就在多大程度上实现了作品的价值。"[2] 诗意是翻译的最后一个堡垒，外国文学经典的特异性与陌生性决定了其跨国传播的艰难，是最晚开发的宝藏，将经典本土化，收纳为本国财富的一部分，是文化强盛必行的道路。更加重要

---

[1] 宋清如编：《寄在信封里的灵魂——朱生豪书信集》，东方出版社，1995 年，第 351 页。

[2] 安德鲁·勒夫威尔著：《文学翻译：比较文学背景下的理论与实践》，外语教学与研究出版社，2006 年，第 128 页。

的是，文学经典本身也需要在重新演绎和传播中不断柔化，也就是重新分布语言力量来获得新的生命，否则文学经典一旦被遗忘也将失去其话语力量，在失去市场价值的同时失去其诗性影响力。

文学名声在翻译和传播过程中都构成了影响作品价值实现的关键性力量。冯小刚的《夜宴》拍出来后，本意并不想借助《哈姆雷特》的文学名声，但是在海外发行中却又不得不如此。他说："（在国外宣传的时候）原先只跟他们提《夜宴》，不提《哈姆雷特》……后来就说这是一部东方版的《哈姆雷特》，他们一下就明白了……"[1] 由此可见，原作的文学名声在跨文化沟通中起到了关键词的作用。事实上，《夜宴》中化用了《哈姆雷特》的大量典型剧情，包括王子与奥菲利亚式青儿的关系、"戏中戏"以及王后的意外死亡等等，并特意在电影结尾添加了购买毒药，从耳朵灌入可致死的片断；但是，冯小刚不承认电影与《哈姆雷特》有承接关系。他在一场关于《夜宴》的对话中谈到："我找到盛合煜，说能不能把这个剧本改了，最好离开原先的《王子复仇记》越远越好，从人物关系到结局都要有一定的改变……"因此剧情虽然套用了《哈姆雷特》的主要情节，但是剧情的联接逻辑却是纯粹中国式的。例如戏中戏在原文中体现了哈姆雷特的坦荡，以这种坦荡的方式公开自己的怀疑，向凶手宣战，而不肯私下在叔父身后暗下杀手。戏中戏的情节与"哈姆雷特的延宕"密切关联，是其人文精神的集中体现，然而"夜宴"上的戏中戏却成了权术之争的一部分。李小林研究《麦克白》在京剧和越剧的改编中同样发现，"昆剧和京剧在改编中都强化了权力相争的因素"[2]。类似的剧情却反映了与原作截然不同的逻辑走向，《夜宴》是对于《哈姆雷特》表层元素的借鉴，而不是关于元素联接逻辑的重新表达。《夜宴》的诗性逻辑与《哈姆雷特》迥然不同，相当于面貌相似的两个人却具有截然不同的基因图谱。《哈姆雷特》通过"戏中戏"反映了骑士时代实现贵族荣誉的程序和要求，而《夜宴》则体现了虚虚实实的权术欺诈，与京剧和昆曲中同样的误读构成了群体性误读，符合中国观众对贵族

---

[1] 冯小刚：《对话》，《当代电影》，2006 年第 11 期。

[2] 李小林：《野心 / 天意：从〈麦克白〉到〈血手记〉和〈欲望城国〉》，《外国文学评论》，2010 年 01 期。

故事的一般解读,消除了传播中的障碍,深化了中国传统宫闱之变的叙事传统。

外国文学经典的中国化,最基本的方式就是从中国的目标语境中寻找嫁接元素,与原作的其他元素融合在一起,通过探索起承转合的推动力量来推动作品的认知,这是一种元素型忠实的翻译方式,其评价标准也是简单的;然而另一种更具有危险,但风险与机遇并存的方式,就是保留原著的诗意和逻辑,并用本土因素替代原著的逻辑连接点来保证诗意的逻辑顺利传达本土受众。

忠实与否与作品的好感度和文学名声、审美价值并不是简单的对应关系;不仅如此,忠实程度的衡量,本身也是一个饱受争议的问题。一部内涵丰富的作品本身就具有极大的矛盾性,对某些元素的忠实,必定意味着对于其他元素的背叛。从这个意义上来说,奈达提出了形式对等、功能对等以及动态对等等概念来描述忠实问题;然而即使是建构元素的全部忠实,也未必意味着译作秉承了原作的精神力量,关键还要看所有元素的连接逻辑是否符合原作的走向。从这个意义上来说,本雅明在《译者的任务》中认为原作的可译性和可演性取决于其作为"真理的语言"的生命,而译作引导读者靠近这种生命的方式就是"并不掩盖原文,并不阻挡原文的光,而是让仿佛经过自身媒体强化的纯语言更充足地照耀着原文。这主要可以通过句法的直接转换达到,这种转换证明词语而非句子才是译者的基本因素"[1]。本雅明将翻译类比为修补瓷器碎片的做法,永远也无法接近原作所具有的强度,事实上破坏了元素的联接逻辑,遮挡了原文的光。因此弗莱指出:"两种语言之间或者同一语言的两种因人而异的意义体系之间,在表意的中间地带,必定是一套象征体系,而不会仅仅是一部双语对照的词典。"[2]元素的忠实远不如内在诗意的忠实更为重要和难得。

虽然历史以来对于莎剧译者的各种苛责都是源于翻译中的曲解和误译,但不可否认的是,对于很多当代学者来说,误读与误译并没有什么错,都是中国文学的建构方式。问题在于,莎士比亚全集最重要的译者之一朱生豪本人并不

---

[1] 瓦尔特·本雅明:《译者的任务》,陈永国主编:《翻译与后现代性》,中国人民大学出版社,2005 年,第 10 页。

[2] 诺思罗普·弗莱著,陈慧、袁宪军、吴伟仁译:《批评的解剖》,百花文艺出版社,2006 年,第 497 页。

认为自己有权利在翻译中做出改变，他在《译者自序》中清楚地表达了这一段研究者必须引用的话："余译此书之宗旨，第一在求于最大可能之范围内，保持原作之神韵，必不得已而求其次，亦必以明白晓畅之字句，忠实传达原文之意趣；而于逐字逐句对照式之硬译，则未敢赞同。凡遇原文中与中国语法不合之处，往往再四咀嚼，不惜全部更易原文之结构，务使作者之命意豁然呈露，不为晦涩之字句所掩蔽。每译一段竟，必先自拟为读者，察阅译文中有无暧昧不明之处。又必自拟为舞台上之演员，审辨语调之是否顺口，音节之是否调和，一字一句之未惬，往往苦思累日。然才力所限，未能尽符思想，乡居僻陋，既无参考之书籍，又鲜质疑之师友。谬误之处，自知不免。所望海内学人，惠予纠正，幸甚幸甚！"[1] 由此可见，莎剧译者朱生豪在翻译中首先考虑的仍然是忠实问题，只不过他对于"忠实"的理解与很多人不同罢了。"第一在求于最大可能之范围内，保持原作之神韵，必不得已而求其次，亦必以明白晓畅之字句，忠实传达原文之意趣；而于逐字逐句对照式之硬译，则未敢赞同。"表明其忠实观是从大到小，从结构到元素，从神韵到字句的逐层下放，而不是反过来从元素对应开始由下而上的过程，因此译文具有一种难得的完整性和统一性。他"每译一段竟，必先自拟为读者，察阅译文中有无暧昧不明之处"，译文相对完整地传达了原文的象征体系，而结构性忠实也在很大程度上帮助他在理解单个字句意义时对于"暧昧不明之处"做了具有一定合理性的大胆猜测。"猜测"是经典外国文学翻译中一个不容忽视的现象，不同译文版本之间的根本差异往往源于译者进行的猜测的不同材料基础和策略，原作的丰富性和复杂性保证了多种猜测合理并存的可能，因此是否具有多种猜测的可能也是像莎士比亚戏剧这样的经典作品所具有的开放性特质，这种特质是作品本身在传播链上不会随着时间和空间变化而轻易消亡的本源性力量。

"经典之争也是文化和话语权力之争……审美因素是形成经典的根本条件之一，它代表了民族文化的核心内容。"[2] 传播的价值要求使莎士比亚戏剧在翻

---

[1] 朱生豪：《译者自序》，摘自《翻译研究论文集（1894—1948）》，外语教研出版社，1984 年，第 358—359 页。

[2] 李伟民著：《中西文化语境里的莎士比亚》，上海外语教育出版社，2009 年，第 217 页。

译和演绎过程中经历各种猜测、柔化与根本性误读；然而另一方面，原作的文学名声却要求尽量忠实地再现作品及其所在的时空，这构成了外国文学经典中国化过程中最为重要的冲突，也是群体性误读产生的土壤和营养。当然，忠实标准很难量化。译者和导演的策略主要体现在对于原作元素的取舍之中，有的时候尽可能多地保留原著元素未必是真正的忠实，而元素的缩减也未必更加不忠实，忠实程度从某种意义上来说更加取决于核心元素的连接逻辑是否保留了原文的真实意图。考察经典文学作品的跨媒介改编就会发现外国文学名著改编成电影，尤其是好莱坞对于莎士比亚戏剧的电影改编，往往具有很大程度的表面忠实，几乎全部要素都来自原著，包括人物性格、场景设置、出场方式、镜头切分、宏大场面，甚至全部台词都来自戏剧原文，但却背叛了原文的本质逻辑，例如《罗密欧与朱丽叶》的后现代电影改编就完全抹杀了原作中二人怀着必死之心去爱的神性力量。翻译和改编中的忠实问题，不在于元素性对应的多寡，而在于精神的契合，在于这些元素的连接逻辑是不是莎士比亚的方式。正如施莱格尔在莎剧评论中所写的那样："当外力把形式强加在材料上面，它只是偶然的附加物，和材料的性质没有关系……有机的形式则是天然的，它从内部展开。艺术品的萌芽完美地成长起来，它也随之得到确定。"莎士比亚戏剧的伟大是一种内在的品质，莎剧翻译与演绎的忠实与否，并不仅仅是词句的得失，而是在于有没有像莎士比亚那样写作或者演出。如果莎士比亚晚年学了中文，亲身用中文来写作和演出，那么虽然改动必定不小，但却可以认为是原作最忠实的再现，表达了戏剧中真正的诗意，有人称之为"张力"或者"力"："充盈的力、过剩的力、无法遏制的力……具有破除九界、自我横冲的力量。那力量不管是用来创造，还是毁灭，都是一样的沛莫能御。"[1] 莎士比亚戏剧作为经典，是诗意的凝结，这种诗意正是戏剧和电影对话中最为生动的部分，正如劳逊所说："真正诗意的对话会使人产生一种可见的感觉……对话离开了诗意便只有一半的生命力。"[2] 这种诗意，才是文学作品付诸翻译和演绎最有价值的东西，也

---

[1] http://www.xici.net/d13127107.htm

[2] 约翰·霍华德·劳逊著，邵牧君、齐宙译：《戏剧与电影的剧作理论与技巧》，中国电影出版社，1979 年，第 360 页。

是"忠实"和"误读"实现辩证统一的基础。

"忠实"和"误读"是传播中的一对经典矛盾。本雅明非常聪明地将自己的翻译论文定名为《译者的任务》而不是"翻译的任务"，就表明对原文负责仅仅只是译者的任务，而不是译作或者演绎作品的任务，更进一步也就并不是翻译和演绎作为传播过程中的一环必须遵循的准则。从传播学的角度衡量莎士比亚戏剧的价值，不仅需要考虑原文的文学名声和诗性价值在传播过程中的传递，还应该考虑群体性误读对莎剧本身及中国文化基因的发展性改变。群体性误读成因复杂，不仅涉及到历史背景、伦理语境，还关系到翻译界和演绎圈中的传承，很难用单一的方式来解释其原因，因而比较适合先讨论其价值，包括群体性误读对于原作诗性价值的提炼与跨文化发展，以及误读本身所反映出来的外国文学在中国翻译和传播的面貌特征，其中心就是译者与演绎者在改编中对于"诗性忠实"的不同态度，简单来说，忠实于原文不如忠实于诗性价值；忠实于诗性，不是元素的忠实，而是逻辑性忠实。对于诗性价值的忠实，最初是对于翻译界一直以来在莎剧翻译中批评朱生豪翻译不忠实问题的回应，朱生豪对于莎士比亚戏剧的表面误译与内在忠实，不断通过译本对舞台剧和影视剧施加影响，逐步扩散到传播链的每一个环节。值得强调的是，群体性本身并不会给误读带来合法性，合法性源于权力博弈中留存下来的诗性坚持，而传播学相对于传统文学批评最为特殊的意义也就在于其开放性，对于传播过程中所产生的变异不是简单地压抑，而是客观描述，甚至认为这种误读具有一定的积极性。传播过程中的权利分布与博弈使像莎士比亚戏剧这样的经典文学作品跨越时空、经历各种误读而依然不断得到传播，归根到底源于经典文学作品的诗性所特有的开放特征。

二、价值的范式

文学审美边缘化是后现代主义在文学研究中的重要体现。各种以意识形态、性别、媒介为主要视角的研究成了哈罗德·布鲁姆所谓"伪马克思主义、伪女性主义以及各种法国/海德格尔式的时髦东西所组成的奇观"[1]。翻译批评亦

---

[1] 布鲁姆·哈罗德：《弗洛伊德的防御概念与诗人意志》，见王逢振主编：《2000年度译西方文论选》，漓江出版社，2001年，第117页。

是如此，皮姆将以文化翻译理论为主的一系列翻译批评称之为"翻译社会学"（Translation Sociology），并指出"这些理论仅仅只是把翻译当作一种隐喻来利用"[1]。文学与翻译研究共同面临着边缘化和"隐喻化"的结果，即使没有完全抹杀文学的本真，也足以使作品和传播的关系失衡。翻译文学，尤其是借助了原著文学名声的莎士比亚全集的翻译和出版，作为文学本土化传播环节的一个链条，其本身的审美价值对于传播和流传的影响无疑是间接的，但必须谨防因为其间接性而轻易抹杀翻译文学的价值。文化视角决不意味着作品的文学性以及受众的审美心理在重要性上有丝毫降低。正好相反，特殊的文化取向与审美情趣，在最深层的"澄明之境"里必定是同一和普世的，这是一切翻译和演绎获得成功的基石。经典的文学翻译作品，其表层的巨大差异与冲突，无论是源于作者的个性、民族的历史、时代的需求还是意识形态的差异，其内核都是一种最为深沉的浪漫主义。

文学作品，尤其是外国文学作品的传播与接受，和所有的文学传播一样，都不是单纯的文化现象，不能仅仅用管理学模型或者传播学的文化市场分析方法来进行解读，而具有其独特的规律。文学传播既是外向的，又是内向的。从一个传播过程来看，译作的创作和接受受到了各种外部因素的影响，例如生产组织（出版内）、媒介、受众等。其中受众是最为直接的影响因素，文化氛围和意识形态通过受众的不同往往具有不同的反馈与表现，例如外国文学读者相对较强的购买力就直接影响到译本的多次重印和再版。然而本质上，文学传播的主导因素是内在的，这种本体性表现在作品的本源特征决定了主要价值和意义的生发。每个民族在接受外来文化与文学的介入时，都不是完全被动的，而是根据本民族的特点对于外来者有选择地接受，而他们对于译者和译本的选择，意味着特定受众对于某种过滤规则的认同。外来因素与本土受众始终是一对矛盾，如果莎士比亚是他们所期待的样子或者剧中人物始终以他们习惯或者至少能够理解的方式说话做事，那么这种传播中相互结合的形态共同构成了一个时代的艺术解读；但是当二者相互冲突时，译者往往会站在本土立场，帮助读者寻找情节和文字的合理性。因此外国文学传播与影响不仅仅是出版发行过程，更是特定受众的选择和接纳过

---

[1]　PYM, Anthony. Exploring Translation Theories. Routledge, 2010, p154.

程，如果说对于原著的选择主要是顾及原著的文学名声，那么对于译文版本的选择标准在于什么？是文化价值的认可，是美学趣味的投契，还是满足特定时期特定群体的需要程度？对于原作或者译作中不具有文化兼容性的内容，例如与当时社会相冲突的思想，或者是与阅读习惯、文学传统相背离的句式。受众是否有权完全拒绝？在这个过程中，译者充当了怎样一种角色？或者说为了推广自己的译作，译者通过什么策略来柔化外来文学和文字与本土习惯的不协调？这种柔化在多大程度上影响了受众的选择和接受？译者的选择体现了一种特殊的权力。这种权力中固然有操纵学派所谓的政治影响、经济因素以及意识形态等一系列其他权力的影子，但是更加重要的是，一定还有一些属于民族的、本土的、时代的烙印，逐步成为全社会的、突破时间与空间限制的精华与经典，构成了民族性身份认同的一部分。大众的认同作为权力的一极，往往在与精英意识或者学界风潮的博弈中，塑造了新时期的文学文化风貌。

翻译文学的文学名声，受到的是限制而不是控制。精英与大众在满足需要程度和判断标准上的矛盾，必然以一方妥协接受对方价值作为矛盾缓和与稳定的基础，其中第三方的出现往往会打破平衡，从而建立更加持久的稳定。在莎士比亚戏剧经典化的传播现象中，浪漫主义的时代需要和德国对于莎士比亚戏剧的翻译接受就构成了这个重要的第三极要素。而对于朱生豪的译文在中国的传播而言，这个重要的契机就是诗体全集译本的出现。诗体译本的出现与朱生豪译文的时代背景完全不同。朱生豪身处新旧文学交替的时代，激烈的文学冲突意味着丰富的文艺素材，从词汇到韵律在巨大的漩涡中碰撞，等待筛选。这是一个没有什么不能尝试的时代，规则尚未固化，一切皆有可能。时代与个人的丰富性，满足了莎士比亚翻译的语言和思想要求。历史上最重要的文艺作品往往都是在最不稳定的时期，附身于年轻的天才，用最饱满的激情表达出来的。然而诗体翻译组织出版的时代却是近百年来最为安定的时代，是语言规则与风格固化的时代。众所周知，语言和文学的发展总是在做减法，而不是做加法，是一个逐渐忽略和淘汰不需要的语言因素的过程，而不是自主创新、增加新元素的过程。正如婴儿学习语言，最初所有的语音都能够发出来，所有的意义都能够模拟；但是随着婴儿的成长，随着其语言和交流风格的固化，渐渐不能发出某些音素，也不再能够把握熟悉的模式中所没有的意义。所以语言和文学的简化，将各种要素精简到在只包含最为重要的因素的过程，是社会发展的成熟标志。经济高速发展背景下的文艺真空期，更是文艺元素最为稳定，创新激情最为稀薄的时代，普遍的沉寂中缺乏新的声音与新的撞击，而这个时期的翻译作品，就很难不显得贫乏与类型化，同时商业的高度成功更加剧了这种贫乏，莎剧及其各种译文所受到的不公正待遇，是文化市场和消费时代的特殊礼物以其新旧交替冲突中带来的丰富性来对抗经济社会下的单调与庸俗，从而潜移默化地改变了文化传统，蚕食着语言的边境。因此，每当社会走向贫乏与平庸的时刻，总会有人倡导古文或者古典主义，其实是因为"太阳底下没有旧的事物，凡物越旧则越新。何以故？所谓新者，含有不同特异的意味，越旧的事物，所经过的变化越多，它和原来的形式之间差异也越大"[1]。

经典化构成了一种影响误译的价值取向。朱生豪的自我怀疑非常正常。文学在中国文化传统中的地位足以令西方诗人感到羡慕。在古代，中国的诗人同时也是社会秩序的制定者，成为了全世界独一无二的士大夫阶层，文学决不仅仅是一种娱乐。梁实秋在《文学的严重性》中强调"文学不是给人解闷的……文学家不是给人开心的"，创作是出于"内心的要求"[2]。沉重的文学观促使译者以特别慎重的姿态来解读外国文学经典，于是将本土文学中不常见的现象理解为某种特殊的象征体系也大有可能。然而，梁实秋没有考虑过的问题是，莎士比亚戏剧在莎士比亚时代的确就是"给人解闷的……给人开心的"，其精神价值的实现非常依赖其娱乐效果，因此戏剧中有着大量双关语和插科打诨这一类很长时间都不为英国文学界所承认的"拙劣"的娱乐技巧。朱生豪对于这段历史显然并不熟悉，他所接触到的是早已经典化莎士比亚。更加重要的是，译文的大部分读者也不是在读畅销小说，而是抱着顶礼膜拜的心态来读"莎士比亚"的伟大作品，因此也就会不免多想。由此可见，"经典化"本身也是一种特殊的力量，甚至有可能改变作品解读的方式与程度。霍尔姆斯（James Holmes）所提出的诗歌翻译模式：诗歌：现实＝诗歌翻译：原诗，诗歌翻译成

---

[1] 宋清如编：《寄在信封里的灵魂——朱生豪书信集》，东方出版社，1995 年，第 346 页。

[2] 《梁实秋文集》编辑委员会编：《梁实秋文集》，鹭江出版社，2004 年，第 271 页。

为了原诗的元语言（metalanguage），译文便成了原文在他国实现其语言价值的必经之道，从而为译文的误读提供了合法性，而这偏偏是莎剧能够在中文市场获得读者青睐的重要缘由。不可否认，声称爱读莎士比亚比爱读《尤利西斯》似乎总要容易得多，虽然这二者并不具有什么可比性，但是在许多中文读者的眼中也许并没有什么实质的差异。虽然在原文和译文的二元对立中，原文似乎总是处于支配地位；然而在目标语的语境中，只有译文才是主导和支配的，译文的成功决定了原文在他国历史文化中的地位和意义。

不同的人以不同的语言和译本进入莎士比亚的世界，不可能读到同一个罗密欧和朱丽叶。朱生豪的罗密欧必定与梁实秋的笔下不同，不仅仅是因为作品中投射了译者的身影和声音，更重要的是语境的差异对于戏剧剧情流动所产生的影响。误译并非洪水猛兽，问题是如果这种误译在中文的语言和语境中无法得到修正，或者一旦修正就会损失剧情的流畅和诗意的力量时，误译本身所具有的诗性就值得反思的传统。

误译是个很麻烦的问题，完全没有误译和新的解读，经典作用也会失去适应性与生命力，文学的经典就像长河，水量大的时候自然能够改变河道，而水量小时却只能顺着河道前进。莎士比亚戏剧需要适应中国的韵律、语言、文化和对于诗性的期待，就不得不作一些改变，而这种改变就会导致翻译评论界关于译作忠实与否的诘难。

受众对于外国文学经典的态度始终非常微妙，正如《无事生非》第二幕第一场中贝特丽丝所说的话："如果是个漂亮的家伙，妹妹就该懂得规矩，行个礼说：'父亲，一切听您安排'；否则就再行个礼说：'父亲，这可得让我自己作主'。"[1] 虽然许多人都相信"一国的文学，如果不和外国文学相接触，一点也不受外来的影响，年代久了，一定会入于衰老的状态，而陈陈相因地变不出新花样来，终于得到腐朽的结果的"[2]。但事实上，文化传播过程中，对异端的排斥是绝对的，而接受才是相对的、滞后的。促进外国文学接受的过程中便会出

---

[1] 原文是：It is my cousin's duty to make curtsy and say "Father, as it please you." But yet for all that, cousin, let him be a handsome fellow, or else make another curtsy and say "Father, as it please me."

[2] 刘大白：《从毛诗说到楚辞》，《当代诗文》，1929 年 11 月创刊号。

现鲁迅所说的:"若文艺设法俯就大众,就很容易迎合大众、媚悦大众……迎合和媚悦是不会有益于大众的。"[1] 因为大众是乌合之众,行为受着无意识的支配,群体中的个体会表现出明显的从众心理,约束个人的道德甚至社会机制在狂热的群体中失去效力。[2] 译作既是镜子,反射了原文的大部分光芒,又是一盏灯,照亮了另一个房间,而读者需要的是光。

三、诗性的开放

莎士比亚戏剧的大量重译与重演,尤其是在过去一百年的集中重译以及有此所造成的大量共同误译和群体性误读是中国独有的历史现象,在社会和文学转型的历史时期,大量时代精英,抱持各自的文学和文化理想,以多种形式来翻译和传播莎士比亚,产生了大量共同或者相反的误译,对于莎士比亚戏剧在中国的接受与流传起到了决定性的作用,这样的多重解读归根到底是源于伟大经典本身所具有的开放性与包容性。按照结构主义哲学的观点,一个完整的有机体系在本质上是封闭的,那么怎样才能从内在的封闭达到阐释学派倡导的"开放的作品"?当然不是像解构主义声称的那样通过内部矛盾颠倒二元关系从而打开体系的缺口,否则就只能解构而不能重构。事实上最好的办法就是寻找或者建立一个与待研究的封闭结构平行的结构与之进行交流,通过结构之间的共鸣和冲突构成更加综合而丰富的父结构,从而构成"系统的系统"[3],在更大的范围内实现相对开放。翻译作品进入陌生的文学语境,甚至搬上荧幕,并对本土的文学传统造成深远的影响,建立在目标语足以与莎士比亚戏剧构成平行结构基础上。本土的力量越强大,从翻译文学中获得的感悟也就越丰富,从而不断扩展自己的文化边境。[4]

新知识拓展文化的边境,必然改变文学的趣味。阿兰·布鲁姆对于莎士比亚历史剧的研究中发现:"与歌德相反,莎士比亚笔下的罗马人不是英国人,而

---

[1] 鲁迅著:《文艺的大众化》,《集外集拾遗》,人民文学出版社,1973 年,第 338 页。

[2] 古斯塔夫·庞勒著,冯克利译:《乌合之众——大众心理研究》,中央编译出版社,2005 年。

[3] Sangster, Rodney. The Linguistic Thought of Roman Jakobson,1970, Indiana University Publishing, p98.

[4] 安东尼·皮姆:《翻译史研究方法》(序),外语教学与研究出版社,2007 年。原文是 translation construct cultural border,即翻译构建了文化边境。

是真正的罗马人，他们的情感特征和生活目标与现代人截然不同。莎士比亚让他们穿上他的观众能够接受的服饰，否则也许没人会欣赏他们。然而本质差异是存在的。这不是说现代性或古希腊罗马的没落已经改变了人类本性，而是指人类趣味拥有新的对象，这些对象由新的教育所形成。"[1] 莎士比亚戏剧跨越时空的传播本身就意味着，作品所面对的人，无论是反映的现实还是获得激发的心灵，都与原作的语境有着巨大的差异，不要说像当时的观众那样欣赏作品，仅仅只是符合当代人所能够理解的叙事节奏，推动戏剧情节顺利发展就变得异常艰难。例如，《罗密欧与朱丽叶》中的男主角罗密欧被塑造成为爱抗争的翩翩君子，很大程度上源于大量翻译和演绎作品对罗密欧"粗俗语"的柔化。这种柔化甚至不能称之为"雅化"，因为在莎士比亚时代用某些露骨的性譬喻公开示爱并不是不恰当的方式。在这个问题上，元素性"忠实"地再现罗密欧的语言，只会导致诗剧故事不够流畅，从而损害其叙事节奏。译者和演绎者们对于原作的柔化，也就是改变语言的力量分布来避重就轻，不仅保护了罗密欧的形象，而且通过罗密欧的深入人心逐渐扩张中国戏剧对话语言的宽容与广泛性。柔化策略通过改变译文和演绎作品中的文字力量分布方式而产生意义的过滤、强化、弱化等美学效果，其筛选规范不同于西方，主要不是关于合法性的规定，而是对于非法性的排除，作为一种更加宽容的误读方式，虽然并不具有缜密的建构性，只能描绘出大体轮廓用以排出与古典根本道德不相融的部分，但事实上隶属于一种更为宽容和自由的传播评价体系。

莎士比亚戏剧作为外国文学经典，其翻译和演绎面临着特殊的困难。新作品虽然能够借助名著的文学名声，但也饱受盛名所累。"经典"本身就包含着强势的话语权力，也意味着时间与空间远离当下，因此对外国文学经典的本土演绎，必须在诗意与可理解性、经典与求新之间找到平衡，其翻译策略体现了本土化与陌生化之间的权力博弈。例如莎士比亚戏剧中对于贵族和皇权的尊重与景仰，很大程度上被"五四"推翻帝制以来的翻译家们（包括朱生豪、梁实秋等）所消解了，而《夜宴》对于皇权阴谋的描写，完全将莎士比亚理想中的皇室和贵族全部变成了讽喻的对象。

[1] 布鲁姆·阿兰著，潘望译：《莎士比亚的政治》，江苏人民出版社，2009年，第69页。

莎士比亚戏剧在多个译本和演绎版本中的沿用、传递和变形，既有可能来自特定时代对于西方文化的群体性片面理解，也有可能受到了不同身份的误读者过滤体系中层次和侧重的影响，还有可能源于后来者在重译和重演中对于某些既成误读的尊重或者逆反。更加重要的是，许多误读在多次重译和重演中也无法得到修正，因为这涉及到了文化和历史性差异，是集体审美体验的巨大转变，是传播者不得不柔化其作品以符合时代趣味的必然结果。普通的个体性误读往往可以归结为多义现象、等值缺失或者文化差异等因素，然而面对理解、翻译和演绎中产生的同一个困境，莎剧舶来者们才华横溢的先锋实践，或者保守的老一代翻译家关于对应法则的坚持，与季节性的社会思潮在交互影响中呈螺旋式上升，使类似于莎士比亚这样的文学经典的中国化呈现出特殊的规范。群体性误读并非因为其群体性而获得合法性，而是始终以其对于诗性逻辑的尊重和对于传统道德体系的反思而赢得了诗性价值。同时，莎剧群体性误读的变化还反映了本民族文学与文化传统的变化，例如不同时期的译者对于莎剧中血统决定论和宿命论的不同误读，呈现出士大夫知识分子所固守的等级价值观念和命运观在西学东渐和平民知识分子大胆探索过程中的历史性变迁。

福柯认为，话语的生产受到了一些程序的控制、筛选、组织和分配，表现为对话语的排斥、解释、限制和推行，这个过程事实上并不是在创作过程中，而是在翻译与传播过程中实现的。在这个过程中，文学名声、忠实和筛选的要求构成了权力关系中的多极。然而，文学作品不仅仅具有市场价值，其对于历史的影响，主要是通过审美价值和诗性力量来实现的，因此在评价莎士比亚戏剧这样的经典文学作品中翻译传播的合法性时，就具有了一个超越语言范畴的诗性标准。经典作品的诗性价值最重要的表现之一，就是在时空范畴上的开放性，而对这种特性的尊重，成为了诗意不断流动和发展的推动力。过去一百年来，莎剧群体性误读与中国的文学道德观平行发展、相互渗透，成为了这种误译在特定历史时期获得合法性和诗性价值的思想基础与历史根源。

莎士比亚的戏剧在诗人过世一百多年后的古典主义时代，评论家们又恨又爱，为其鲜活的生命力而内心欢喜、爱不释手，却又痛恨其不守规矩。德莱顿固然喜爱莎士比剧的真实之美，但也批评莎士比亚戏剧违反诗歌韵律，不合"三一律"的戏剧规范，按照亚里士多德在《诗学》中的定义，"悲剧是对比我们更好的人的模仿……喜剧……是对比我们差的人的模仿"[1]。莎士比亚戏剧以其跨文类特征受到抨击，《罗密欧与朱丽叶》本身就既是悲剧又是喜剧。伏尔泰称莎士比亚的悲剧为"闹剧"，"没有一丁点儿品味……也不懂戏剧的任何规则……在这位作家被称为悲剧的怪物般的闹剧中，有如此美丽、宏伟、可怕的场面[2]。"与之类似关于文类不清的责难也发生在朱生豪译文评价之中。直到如今，朱译所受到的最为直接和根本的批评就是没有用诗体来翻译莎士比亚的诗剧。

可是诗到底是什么呢？莎士比亚的戏剧也并不是一开始就具有诗的地位，而只是市民戏剧。施莱格尔作为莎士比亚戏剧的德国译者与伟大的浪漫主义学者在对于约翰逊的不断反驳和对于莎士比亚戏剧的辩护中，确立了莎剧作为诗和经典的地位。施莱格尔和柯勒律治将莎士比亚戏剧推崇到不可能犯任何错误的崇高地位，柯勒律治指出："他从不平白无故或不合时宜地用一个词，或引入一个念头：如果我们不理解他的话，这只能是我们自己的错，或缮写者和排字工的错。"[3]然而在此之前的一百年间，莎士比亚戏剧是剧评家们最为热衷于指摘的对象。约翰逊作为职业的词典编纂者，痛恨莎士比亚对于词的滥用。"尽管双关语空洞乏味，仍能给他以极大的乐趣，以至于即使让他付出理性、体统和真理为代价来换得他，也在所不惜。"[4]除此之外，莎士比亚戏剧中的历史和地理错误也层出不穷，例如《特洛伊罗斯与克瑞西达》中赫克特引用亚里士多德的话，就是典型的历史性谬误。

与此类似的是朱生豪译文的命运，除了文体问题之外，朱生豪译文往往因其误译而受到批评。当然，译者的职业特征决定了误译的非法性，可惜很多误译产生的原因并非译者所愿，而是材料的缺乏、莎士比亚研究本身的时代性谬误以及美学评价标准的陈旧。梁实秋以最为科学严谨的态度来翻译莎士比亚戏

---

[1] 亚里士多德著，傅东华译：《诗学》，商务印书馆，1957年，第11页。

[2] Voltaire, Voltaire on Shaskepeare, Geneve: Institute er Muses Voltaire, 1967, p44.

[3] Coleridge, Samuel Taylor: Coleridge's Shakespeare Criticism,vol. 2, ed. Thomas Middleton Raysor. Cambridge: Harvard University Press, p154, 译文来自谈瀛洲著《莎评简史》，复旦大学出版社，2005年，第75页。

[4] Preface xxiii–xxiv, 转引自谈瀛洲著：《莎评简史》，复旦大学出版社，2005年，第28页。

剧，其译文被认为几乎无懈可击，然而依托近十年莎士比亚研究的成果重新细读译文就会发现，梁译和朱译在许多影响人物性格、剧情发展与戏剧思想的关键问题上都具有类似的误译。这种误译早已不能用失误来解释，而是译文能够在中国审美语境中获得理解与接受的基本条件，是在多重评价标准下的妥协与尽可能忠实。正是这两难之间的选择，使译文具有了深刻的历史诗性。施莱格尔在将莎士比亚戏剧经典化的过程中曾经这样回应莎士比亚戏剧中所犯的历史和地理错误："他随心所欲地把故事搬到无尽的远方，因为它越是新奇，就越是属于纯粹诗歌的领域……他的观众进入剧院，并不是为了学习真正的编年史、地理学或自然史，而是为了观看一场生动的表演。"[1] 而译者的所为正好相反，他殚精竭虑地把故事从无尽的远方拉近读者的生活，因为原剧早已进入了纯粹诗歌的领域，可是他还想奢侈地让中国人"观看一场生动的表演"，这无惧的才华才是莎士比亚式的诗情。柯勒律治说："（我）把真正的现代诗歌命名为浪漫主义的；莎士比亚的著作，是浪漫主义诗歌在戏剧中的体现。"[2] 而朱生豪的人生以及翻译莎士比亚戏剧的整个过程，时时闪耀着"浪漫主义"的光芒，这也是他在《书信》中使用得最为频繁的一个名词。

　　原文与译文受到了大量相似的误解，约翰逊批评莎士比亚塑造贵族人物的方式道："他们的玩笑常常是粗俗的，笑话常常是下流的；不管是他的绅士还是淑女说话都不太检点，也没有优雅的风度，不足以和他的村夫们相区别。"[3] 另一种观点却认为这是贵族优雅风度的一部分，是莎士比亚将自然主义道德观内化为贵族身份的一部分。萧伯纳批评莎士比亚戏剧中基于等级观念的陈腐道德观念，很长一段时间的研究认为莎士比亚是倾向于专制论的，赫兹列特在《莎士比亚的戏剧人物》中提到，莎士比亚因为对于自己出身的卑微，而在戏剧中随意地辱弄民众，戏剧中的贵族则是道德的代言人，具有高尚的行为品质；但是另一种观点却认为莎士比亚是偏于现实主义，处于剧情需要将出身和性格的

---

[1]　Schlegel, August Wilhelm: Course of Lectures on Dramatic Art and Literature. Trans. John Black. New York: AMS Press, 1973, p356. 转引自谈瀛洲著：《莎评简史》，复旦大学出版社，2005 年，第 47 页。

[2]　Cdiced by Thomas Midduton Ray sor. 发行：Constable Co.LTd，1930，天津文，自译。

[3]　Johnson, Samual, The preface to Shaiapeare，网络电子文稿。

优点集中在某一人身上，从而操纵观众对于主人公产生同情，因此才将高尚的品质与高贵的血统柔和在一起。正如歌德所说的：“人物的形象是不可言传的，我们被对人物的情感所左右，很难做到自己所希望的那样理性，而这才是人物真正的性格。”[1] 因此，莎士比亚戏剧中对于等级关系的分化，对于人物形象的塑造，并不仅仅是政治观点问题，而主要是情感与剧情的统一，“情感的统一，渗透了他的全部戏剧”[2]。从这个意义上来说，译者从受众的情感需要出发来重塑等级身份，所体现出来的正是特定时代对于身份与道德的情绪特征和审美情趣。朱生豪译文对于许多关键问题的改变，也称不上误译，只能说是刻意的柔化或者分化，来适应情绪的统一。

约翰逊还批评莎士比亚道：“他喜欢用过分浮夸的字眼和令人厌倦的迂回曲折的长句。”[3] 后世却认为莎士比亚对于英语的语言，尤其是文学语言的发展起到了最为重要的作用。朱生豪所面临的困境与莎士比亚颇为相似，虽然已经错过了造词的时代，但却正逢对语言和词汇进行选优与升华的阶段，至古至今，至新至旧的大量语言素材在戏剧的诗意中不断凝练，成为抒情的话语，无论是词的拼凑还是长句句式的运用，逐渐在律动的译文和统一的诗情中获得语境与合法性。这是朱生豪译文最为重要的贡献，也是译文能够选入中学语文课本，作为标准的中文文学语言而出现的根本原因。朱生豪的译文很长，很美，很完整，不需要借助更多的戏剧动作就能把故事讲得催人泪下，与曹禺的译文相比更具有作为读本的诗性价值，这是比字词的误译更为深刻的改变，这种改变促进了出版业对于朱生豪译本的青睐，在戏剧市场式微的时代，在以诗立国的中华传统中实现了莎士比亚戏剧的本土化。对与错还很难说，评价的标准像小孩子的心一样变幻不定。谈瀛洲在《莎评简史》中写道：“任何时代都有这样的标准，有些是成文的，有些是不成文的，当你身处这个时代的时候，你会认为这些标准是天经地义的，你甚至可能都没有意识到这套标准的存在。只有到了以后的时代，因为有了不同的标准，才会发现过去的时代的标准之可笑。”[4]

---

[1] 爱克曼多著，朱光潜译：《歌德谈话录》，人民文学出版社，1978年，第20页。

[2] Coleridge's Shaskepeare Criticism,edited by Thomas Midduton Raysor. Constable &Co.Ltd.1930.

[3] Johnson,Samual, The preface to Shakespeare，网络电子文稿。

[4] 谈瀛洲著：《莎评简史》，复旦大学出版社，2005年，第24页。

第 4 章
宗教观念淡化后的"美德"

一部翻译作品从文学翻译到翻译文学的转变，往往从影响力的角度来界定比较方便。然而仅仅从影响力的角度将朱译莎剧定性为翻译文学是不够的；而应当注意到，朱生豪的翻译影响了莎士比亚戏剧在中国被接受的方式和程度，参与构建了我们自身的诗学传统，这种影响力产生的根源在于译作重构了稳定而独特的修辞立场。译者的个性气质与那个时代对于光明、自由和国家独立的时代精神遥相呼应，能动地影响了时代潮流。

修辞立场是韦恩·布斯修辞学中的核心概念。他说："在我所欣赏的所有写作中，我发现了它们拥有的共同要素……就是我不太愿意称之为修辞立场的东西，这个立场取决于在任何写作情景下，能否在交际努力中见效的三要素之间发现和维持适当的平衡：有关主题本身的可用争论，观众的兴趣和特性，说话人的声音和隐含性格。我认为这个难以描述的平衡，即修辞立场。"[1] 布斯强调修辞立场是一种平衡。对同一主题的论述，不同的写作者会找到不同的平衡点，其中影响平衡的关键因素是不同力量之间的加成，这就要求修辞学研究必须始终从文本的细读中寻找各种力量的结合和冲突方式。布斯在关于修辞立场的论述中着重探讨了三种失衡的情况，分别是"学究式的立场"、"广告式的立场"和"表演者的立场"。事实上，通过修辞张力来分析文本诗性特征的方法同样适用于文学翻译作品。翻译过程中文字力量和重心的改变可称之为柔化，具体

---

[1] 韦恩·布斯著，穆雷等译：《修辞的复兴》，译林出版社，2009 年，第 42 页。

来说又分为韵律性柔化和修辞性柔化，是译者运用不同的文学工具从重构修辞立场的过程。朱生豪的莎剧翻译中最为显著的特征就是其韵律风格，因而韵律性柔化对于其修辞立场的重构具有决定性意义。

一、从"光明"的强化看上帝的淡出

按照形式主义学派的观点，诗歌的重要特征之一在于建立独立的声音节奏，从而与语法文字构成的意义结构产生叠加和冲突，产生了日常语言所不具有的特殊意义，从而使能指不再指向所指而是反指向自身，也就是"诗的语言是以自我为价值的"[1]。罗曼·雅各布逊将这种诗歌中的多重结构称之为"平行"，认为这就是"诗的语法"。[2] 从韵律学的角度细读莎剧原作与译作，应当首先分析其声音节奏和意义节奏的平行关系。以《罗密欧与朱丽叶》中第二幕第二场的著名选读为例，原文是标准的五音步抑扬格素体诗：

But soft! What light through yonder window breaks ?

It is the east and Juliet is the sun.

按照五音步节奏进行分组可以发现：

But, soft! What light through yonder window breaks ?

声音节奏：But, soft! / What light / through yon / der win / dow breaks ?

意义节奏：But, soft! / What light / through yonder window / breaks ?

AP　　　　NP　　　　PP　　　　Infl

It is the east, and Juliet is the sun !

声音节奏：It is / the east, / and Ju / liet is / the sun!

意义节奏：It / is / the east, / and / Juliet / is / the sun!

N　　Infl　　NP　　　Con　　N　　Infl　　NP

---

[1] 雅各布逊：《语言学与诗学》，选自赵毅衡主编：《符号学文学论文集》，百花洲文艺出版社，2004年，第169页。

[2] Jakobson, Roman. Language in Literature [C]. London: Cambridge, 1987.p121.

第一行的"yonder"和"window"、第二行的"Juliet"作为完整意义单位都被素体诗的五音步抑扬格节奏打破了，这是诗歌节律对意指过程形成阻碍，实现诗歌"反指自身"的做法，其结果就是在诗行中突出了这几个实词。仔细看看就会发现，"yonder window"、"Juliet"都是指阳台上的朱丽叶，也就是罗密欧心中挂念的内容。这种强调与当时的舞台布置和灯光转换有着直接的关系，便于引导观众目光和灯光配合。灯光从阳台下黑暗中的罗密欧移至阳台上沉思的朱丽叶，观众顺着台词中"那边阳台"和"朱丽叶"这几个强调点，自然将目光上移，为下文语段中心由罗密欧向朱丽叶转变作铺垫。换句话说，原文的修辞重心变化，顺应了观众、舞台和主题的平衡，体现了戏剧的舞台功能。

再看朱生豪的译作就会发现，这两行翻译为：

轻声！那边窗子里亮起来的是什么光？
那就是东方，朱丽叶就是太阳！

莎剧素体诗除了每一幕开头结尾一般都不押韵，所以才被称之为无韵诗，然而朱译中却产生了"光"、"东方"和"太阳"三个韵尾。过去翻译界经常借此批评朱生豪的翻译不够准确，应该悉照原文全不押韵，其实其他的译者也都押了韵，包括梁实秋、方平、曹未风、曹禺，甚至包括主张不押韵的孙大雨。可见于无韵处押韵是中国诗学传统的影响结果，不独某一个译者的误译。但无论算不算误译，由此产生的文字力量和重心改变却是无可争议的事实。

从音色上来看，原文的三个韵还形成了由半音至开音再到闭音的回环结构，并且都是抑扬格中的重音，使诗行成为阳性结尾，这种音韵自身属性（闭音）与语境中的属性（扬格）产生的张力，形成了压抑的开放、激昂的封闭，这种情绪上的悖论具有特别的美学色彩，也是原文修辞立场的具体体现，但并没有在译文中体现出来。

译文押韵，也就是韵母的反复出现主要起到了强调韵脚的作用。以上两行译文的力量中心分别是："光"、"东方"和"太阳"。这种强调同样具有特殊含义，对于抗战中坚持写作的译者以及同时代的读者而言，以洪亮开口"ang"韵结尾的诗行，塑造出开朗明亮的声音形象，仿佛歌颂东方的光明，令时人热血激昂,产生诸多联想。译文中的罗密欧似乎穿上了长大褂、白围巾,变身为"五四"时期追求光明和理想的文艺青年，或许朱生豪也对这个人物形象投射了自己以及那个时代青年人的影子。当然,不能用此一例来说明朱生豪是以"六经注我"的态度在作翻译,但不可否认的是, 对于光明的追求是译文中一以贯之的气质,体现出译作的内在统一与平衡。

韵律是莎士比亚戏剧作为诗剧的本质性文学特征之一，译者的韵律性柔化通过韵脚的反复、节奏的平移和音色开合的变化，从细微处改变了文本之间的力量分布。柔化并不是简单的弱化，而是在保留作品信息要素的基础上对诗歌力量的全面调整。多种声波的叠加和冲突，使诗力在特定的语言点上振荡加剧，不经意间产生"足以振人"的影响力和渗透力。然而，稳定的修辞立场不仅仅会通过韵律风格来体现；更为重要的是，作为文学核心的修辞也必然会统一于这个修辞立场之中，凸显出译者和时代的声音。例如，朱生豪笔下对于光明的追求，就不仅是通过韵律性强调而脱颖而出，而且常常流露于措词之中，通过一词多义和各种词性变化，增加了反复和隐喻功能，进一步强化语言振荡点。这时，"从音响向意义摆过去的钟摆又回到了其出发点"[1]。

修辞性柔化的明显表现就是对特定词汇的偏好和反复使用。仍然以《罗密欧与朱丽叶》为例,原文中几乎所有的"light"和"bright"都被翻译成"光明",例如:

bright smoke (1.1)

光明的烟雾（朱译）

I conjure thee by Rosaline's bright eyes.(2.1)

凭着罗瑟琳的光明的眼睛（朱译）

As daylight doth a lamp; her eyes in heaven

Would through the airy region stream so bright

---

[1] Valery, P. The Art of Poetry [M]. Cambridge: Cambridge University Press, 1961. p72.

That birds would sing and think it were not night. (2.2)

她脸上的光辉会掩盖了星星的明亮，正像灯光在朝阳下黯然失色一样；在天上的她的眼睛，会在太空中大放光明，使鸟儿误认为黑夜已经过去而唱出它们的歌声。（朱译）

细读之下就会发现，译文中许多"光明"用得并不贴切，"光明的烟雾"、"光明的眼睛"更适合翻译成"明亮的烟雾"和"明亮的眼睛"。其后的译文"她脸上的光辉会掩盖了星星的明亮"也表明，明亮是译者时代的常用词，但译者却选择了拗口的"光明"，显然有其特殊用意。

事实上，对于光明的偏爱并不独朱生豪一人，梁实秋作为风格迥异的译者也好用"光明"，例如同样在《罗密欧与朱丽叶》中的如下例子：

Speak again, bright angel! (2.2)

啊！再说下去吧，光明的天使！（梁 / 朱 译）

Being but heavy, I will bear the light. (1.4)

给我一个火炬，我不高兴跳舞。我的阴沉的心需要着光明。（朱译）

我心里沉闷，我来擎着光明。（梁译）

这里已经可以明显地看出，译文中的光明不再仅仅只表达了原文的字面意义，而且增加了隐喻内涵，具有了多重含义，其所指可以在下文中找到注解：

To prison, eyes; ne'er look on liberty! (3.2)

失去了光明的眼睛，你从此不能再见天日了！（朱译）

这一段原文中并没有出现"light"和"bright"字样，光明对应的原文是"Liberty"（自由），这种替换在原文和译文的对比阅读中产生了奇异的互文效果，表明失去了自由的囚犯"失去了光明"，换句话说，自由构成了光明的所指之一。再如：

Yond light is not daylight; I know it, I.

It is some meteor that the sun exhales

To be to thee this night a torchbearer

And light thee on the way to Mantua. (3.5)

那光明不是晨曦，我知道；那是从太阳中吐射出来的流星，

要在今夜替你拿着火炬，照亮你到曼多亚去。(朱译)

这里的"光明"是指火炬之光，也是帮助罗密欧逃出生天，重获自由和生命的指引。然而最终，罗密欧还是选择了死亡，因为比生命更加光明的是朱丽叶的爱情，因此对于朱丽叶墓地的描述再次出现了久违的"光明"，如下：

For here lies Juliet, and her beauty makes

This vault a feasting presence full of light.

Death, lie thou there, by a dead man interr'd. (4.3)

这是一个灯塔，因为朱丽叶睡在这里，她的美貌使这一个墓窟变成一座充满着光明的欢宴的华堂。

在这一段中，"光明"不再指向自由和生命，而是换成了朱丽叶的爱情。纵观全文，译文中大量出现的"光明"，内涵不断变化和丰富，构成了译文独有的隐喻，而这却是原文中少见的。从上述文本可以看出，译文中"光明"的出现具有三个特征：反复、词性改变和隐喻。反复本身就是一种强调，布斯指出："我们转而关注强度等级问题。从大体上看，强度是由数量和交互性相结合的产物。"当原文中与光明对等及不对等的各色词汇在中文中全部统一为"光明"时，中文增加了原文所不具有的反复修辞，这个关键词所产生的感染力也得以加强，使"我们无法随心所欲地避开这样的重构……再也忍不住融入到这种隐喻模式中"[1]。值得注意的是，反复意味着译者对于文本所作的字面忠实且仅有修辞改变的译法不能运用目前翻译学流行的操纵论观点来解释。朱生豪时代对于光明的追求，既不是源于赞助人和经济基础的影响，甚至也不是

---

[1] 韦恩·布斯著，穆雷等译：《修辞的复兴》，译林出版社，2009年，第159—161页。

受到诗学传统的直接推动，而是译者内心要求的表现。按照弗洛伊德的说法，这种"重复的冲动"是文明压抑的释放。[1] 这也可以在一定程度上解释为什么同一时代许多不同风格的莎剧译者会产生一些有意识或者无意识的共同误译或者群体性误译。

反复和词性改变都是隐喻重构中的一部分。原文中无论名词"light"（光）还是形容词"bright"（亮）最终统一为名词"光明"。当然，光明既可以作名词也可以作形容词使用，但是在朱生豪的译文中，光明的构词方式是名词性的。诸如"罗瑟琳的光明的眼睛"这样由朱生豪修辞化的"双的结构"源于鲁迅从日语连体修饰语法而化来的构词法，语感上仍然保留了体言的特征，与"的"结合表达抽象的事物。词性改变是翻译中常用的技巧，一般认为不会影响译文的忠实性。大部分技巧性的词性转换是为了满足语法规范，获得流畅的译文，然而在朱生豪的翻译中往往出现不进行词性转换也可以忠实流畅地翻译的情况，那么仍然坚持通过语法结构的改变来实现"光明"的名词化，或许是有意而为之，这种做法改变了语言的重心，使"光明"作为一种隐喻结构得以突出。换句话说，"光明"在译文中的反复和名词化，都是为了对于其隐喻功能的强化，而这种增加与强化，无论对于原作诗性的开放，还是对于本土文学的诗性丰富，都具有重要的意义。换句话说："对我们文化的最佳衡量是我们发明这种隐喻的能力。"[2]

那么译文重构"光明"的隐喻并运用各种修辞手段进行强调，体现了怎样的修辞立场？布斯认为隐喻"为说话人塑造一种适当的气质（ethos），形成或保持一种让人信任的性格……这种隐喻跟所有的隐喻一样会导致认同，进而形成一种性格：我们称之为'真实性格'的气质"，这种源于亚里士多德"气质说"的观点在布斯对于梅勒作品的隐喻研究中进一步发展，使隐喻不仅有可能成为与文本主题相对立的"自我构建和理想构建"，而且使其有可能成为一种独立于语境的"个性（personality）"。这种个性以一种稳定的方式在文本中产生情

---

[1] Freud, Signund. Civilization and Its Discontents. Translated by James Strachey [M]. New York: W. W. Norton, 2010. p105.

[2] 韦恩·布斯著，穆雷等译：《修辞的复兴》，译林出版社，2009 年，第 87 页。

绪感染力的同时也就确立了译本的风格。

当然，朱译莎剧中修辞立场的构建并不仅仅是通过光明的韵律强调和隐喻重构实现的，对于命运、美德、贵族、诚实等关键词的研究都能发现译文在修辞立场上具有一种难能可贵的统一和稳定，彰显出译者特有的真实气质，与那个时代的审美和伦理观念交织发展，同时又具有相当独特的个性。按照艾略特对于修辞的看法："修辞……其目的不在于产生一种特别的效果，而在于营造一种总体的深刻印象。在这种情况下，我们也不会允许这个术语指一切差的作品。"[1]

修辞立场的本质是合力中的平衡，对于主题、观众和说话人之间任何一种因素的过度依赖都会导致失衡，使作品失去其统一稳定的修辞立场，从而失去诗性价值。译文面对的主题始终来自于原文，然而"忽视或淡化讲话人和听众之间的人际关系，完全依赖于对主题的陈述"就会构成一种重要失衡，即布斯所谓的"学究式立场"[2]。许多译者对《罗密欧与朱丽叶》的翻译中完全照译其中的猥琐语而不考虑其社会语境发生了改变，可能导致剧中贵族人物语言塑造偏离了莎士比亚的原意，影响了剧情的流畅发展，其实质就是一种"学究式立场"。然而，作为翻译作品，低估主题而高估"纯粹的效果"的"广告者立场"同样也是非常有害的，且不说翻译伦理的制约，或者说译文利用了原作的文学名声获得市场认可，单从文学修辞的角度就可以看出，这种媚俗的做法是对于诗意的巨大损伤，因为诗的重要特征就在于即使不能跨越语言流动也必定能够跨越语言来融合，至少在韵律学意义上如此。

二、新"光明"与新"美德"

光明的隐喻在中西方自古有着各自的传统与发展方向。早在莎士比亚时期，光明的隐喻意义就已经非常丰富。其中，米开朗基罗的《致光明的使者》集中反映这种以光喻人、以人喻神的诗歌传统如下：

---

[1] 艾略特著，杜维平译：《"修辞"与诗剧》，选自《传统与个人才能》，上海译文出版社，2012年，第36页。

[2] 韦恩·布斯著，穆雷等译：《修辞的复兴》，译林出版社，2009年，第87页。

由你的慧眼,

我看到为我的盲目所不能看到的光明。

你的足助我担荷重负,

为我疲惫的足所不能支撑的。

由你的精神,我感到往天上飞升。

我的意志全包括在你的意志中。

我的思想在你的心中形成,

我的言语在你的喘息中吐露。

孤独的时候,我如月亮一般,

只有在太阳照射它时才能见到。

这种传统甚至在英国玄学派诗人中也多有反应,多恩的诗歌中将对于上帝的爱喻为情欲,以破晓和阳光作用隐喻的焦点。然而,在这种一前一后的光明之喻背景下,莎士比亚戏剧中的光明倒并不一定全是宗教的。光明作为一种隐喻,更多地表现出意味着 "知道、明白、弄清楚" 这一传统意义,甚至在《爱的徒劳》中,还曾经出现过 "light of reason" 这样理性主义的句子,这与包括但丁在内的许多作家都有本质的不同。

莎士比亚的戏剧中是否反映了宗教问题,答案是显然的。例如《威尼斯商人》等作品就直接反映了宗教冲突。然而,莎剧是否始终保存着基督教或者天主教信仰则是值得商榷的问题。Virgil Whitaker 很早就在《人性的镜子》(The Mirror Up to Nature) 序言中指出 : "莎士比亚利用观众的宗教知识作为剧本描写的捷径,而不是把宗教当作一种思想武器。" 可以说,莎士比亚对《圣经》警句的引用和化用,对《圣经》事件、地点、人物以及词汇的借用,包括来自《圣经》的道德训诫等,更多的是将《圣经》当作一种文学传统,从中汲取语言养料,而不是一种统帅性思想。曾经有读者认为,《罗密欧与朱丽叶》中劳伦斯神父以智者的形象出现,体现了莎士比亚对于神权的妥协或者恭颂,而更多人则发现 "劳伦斯神父集力量与软弱与一身" [1],是最终悲剧发生的直接原因之一。

---

[1] 布鲁姆著,马涛红译:《莎士比亚笔下的爱与友谊》,华夏出版社,2012 年,第 29 页。

更何况，罗密欧与朱丽叶最后一死而成就的神性，反倒更受古希腊由人而成神的泛神论思想影响。

当然，在研究莎剧翻译的时候探讨莎士比亚本身是否笃信上帝并不恰当，但中文译本以全新的"光明"替代了上帝的形象而依然保持着剧情的连贯，至少可以说明莎士比亚戏剧在信仰问题上的开放性，与之前所参考的含有道德训诫意义的《罗密欧与朱丽叶》故事大相径庭。这种开放性，使得中文译作得以从不同角度来进行阐释。事实上，作为"五四"时期的关键词之一，"光明"的意义与中国的士大夫传统已经发生了割裂。朱自清的《光明》就明显表明，这个词的新内涵源于对西方宗教信仰的反思：

> 风雨沉沉的夜里，
>
> 前面一片荒郊。
>
> 走尽荒郊，
>
> 便是人门的道。
>
> 呀！黑暗里歧路万千，
>
> 叫我怎样走好？
>
> "上帝！快给我些光明罢，
>
> 让我好向前跑！"
>
> 上帝慌着说，"光明？
>
> 我没处给你找！
>
> 你要光明，
>
> 你自己去造！"

这里光明的意义依然不甚明朗，但是反上帝的意义却很清晰，同时也表明与古人的"光大门楣"、"正大光明"等意义不同，"五四"时期的光明作为理想的载体而出现，包含着自由、民主、科学、爱情等一切新的内涵。新的理想追求催生了对于道德和美的新观念，以一种史无前例的强度在莎剧的中文翻译中表现出来。

光明的强化与上帝的淡化，改变了中世纪道德剧以来形成的美德内涵，也给了迷茫时代的中国人寻找"美德"的契机。美德不同于道德,本质上是一个美学概念。西方"美德"学说源于伦理与宗教,奥古斯都和阿奎那对"美德"提出的宗教和世俗两分法,改变了中世纪早期《圣经》译者对于美德的回避态度以及柏拉图和亚里士多德以降的"行为还是性质"(to be or to do)二分法,而最新的莎剧研究则有美德人格化的趋向。中国现代时期莎剧汉译中,"美德"一词的翻译就有三个主要方向,分别是美德(心理学)、德行(佛经译文),以及德性(《礼记》),构成了中国现代文学中美德内涵的三个源头。中西方美德认知的体系性差异,在现代莎剧翻译浪潮中以极大的强度爆发出来,包括朱生豪、梁实秋、曹禺、孙大雨等译者在原文语境中对于美德内涵的再思索具有极强的道德建设意义。英语国家的莎士比亚研究中"美德"符号研究众多,很少能够回避其信仰根源,例如瑞塔·特纳的《哈姆雷特与早期现代英语中荣誉符号的发展》中就研究了莎剧中"荣誉"一词兼具中世纪仪式性和现代观念的过渡特征。莎士比亚戏剧研究浩如烟海,但是莎剧翻译研究还远远不够,目前最为成熟的是影响研究,重点关注译本对欧洲浪漫主义文学运动的启发与影响,例如肯·拉森(Ken Larson)对于施莱格尔 - 狄克(Schegel-Tieck)五音步抑扬格译本的研究,强调了施莱格尔莎剧翻译与德国浪漫主义运动的关系,使之成为了德国文学传统的重要部分。法国伏尔泰及其继承者对于莎剧剧本的改编和有意误译反映了法国古典主义戏剧的要求,构成了法国文学史及欧洲翻译美学的重要内容;锡斯法语译本通过其他语种的转译,将法国古典主义戏剧观和改编翻译观念向整个欧洲扩散。虽然英语国家对于莎剧中的美德符号研究颇多,但过于强调其中蕴含的西方伦理学传统和宗教意义,鉴于欧洲译本和原作在"美德"传统上的同源性,欧洲莎剧翻译中"美德"的矛盾性比中国莎剧翻译中的文化冲突小得多。更加重要的是,任何欧洲国家的历史上都不曾像中国过去一百年那样,在如此集中的历史时期,在古典诗学与西方现当代各种思想观念激烈碰撞的时代,在现代汉语、文学和道德观念发展的重要时期产生了如此大量成就极高、影响很大的莎剧翻译和重译,在文本和历史两个语境的冲突中极大的丰富了"美"的内涵,是对中国现代莎士比亚研究肇始的"真善美"观念的进一步思索。

1919—1949 年的中国正是莎剧翻译与现代汉语词汇及其伦理和美学内涵平行发展、相互渗透的历史活跃期，是新词新意在特定历史时期获得合法性和诗性价值的思想基础与历史根源。中西方美德观念的根源性差异，给译者带来了巨大的挑战，不断产生各种解释，丰富了莎剧美德的内涵。现代莎剧汉译的去宗教化是不争的事实，这直接影响到对于莎剧美德体系的解读，因为对于莎士比亚戏剧产生过重要影响的阿奎那美德理论本身就具有宗教基础，阿奎那认为的人类四大美德审慎、节制、正义和坚韧，其最终导向都是宗教性的，这构成了西方莎剧的经院式解读线索，中国译者的去宗教化处理必然导致信仰根基的缺失或者改变，从而引起文本美学内容的不完整以及剧情的缺失。美德作为一个"以信仰为基础的品质"（faith based quality），在信仰根源发生改变，以及由此产生的行为规范、礼仪体系、神圣实践缺位的情况下，不同译者通过重新启动或者叠加使用文言文中已有的词汇来进行翻译，在语境中丰富了原有词汇的意义来保持莎剧内在的完整性和连贯性。宗教内涵的淡化并不一定是诗性力量的淡化，而有可能是力量分布的重新调整。西方传统的莎剧美德研究主要是基于柏拉图的"道德超越"观念以及亚里士多德的"完美化实践"，然而最新的研究成果更倾向于将莎士比亚戏剧中的人物美德理解为心理学意义上的人格特质。事实上这两种美德在莎剧中交替融合存在，体现出莎士比亚戏剧本身的复杂性，也给翻译带来了巨大的挑战。莎剧所特有的开放性和模糊性使不同的译作构成了对于莎剧的多重解读，译者在复杂的文化语境中对于莎剧美德内容的翻译所表现出来的多样性和某些情况下的一致性，则反映了本民族文学与文化传统变化过程中的多重声音。本章通过汉译文本的纵向向归纳，剖析美德的信仰根源发生改变之后，"行为论"与"人格论"这两种出发点在莎剧美德解读中交替施力所体现出来的翻译美学观念和文化基因的双重传承，着重探讨莎剧翻译中的美德属性在本民族诗性传统发展进程中的路标性意义。

中国现代莎士比亚戏剧翻译及其研究对于精神文明建设的主要贡献是通过经典译作的高度抒情性而实现的。莎剧中对于个体的要求和群体性意识的矛盾往往体现在诸如"honest"与"just"的对抗性表达之中，真理与真诚的区别对待等具体问题之中，拼接出莎剧独特的基于美学的美德观念，为中国现代莎剧翻译家探索美德内涵和范式提供了丰富的素材和的障碍，从根本上导致了多种译法的并行与合法化。美德内涵在多个译本中的沿用、传递和变形，既有可能来自特定时代对于西方文化的群体性片面理解，也有可能受到了不同译者过滤体系中层次和侧重的影响，还有可能源于后来译者在重译中对于某些误译的尊重或者逆反。普通的个体性词汇译法往往可以归结为多义现象、等值缺失或者文化差异等因素，然而具有造词性意义的翻译则是面对理解和翻译中产生的困境，在莎剧和中国历史双重语境中使美德词汇的碎片整合与内涵扩展具有了现代意义。

第5章

莎剧群体性误译的伦理维度

群体性误译意思是指许多译者，尤其是同一时期的译者，对莎剧中同一个内容作出了相似或者相反的误译，其中既有有意误译，也有无意误译，尤其是其中的无意误译中体现出来的集体无意识，都是值得思考的内容。本章"莎剧群体性误译的伦理维度"，主要把翻译与伦理结合起来，即通过莎剧的群体性误译来谈翻译伦理的一些问题，从翻译伦理这个角度进一步阐释莎剧中的误译特别是群体性误译的研究。

一、翻译伦理研究的内涵

莎剧群体性误译的伦理维度研究，首先从"伦理"概念入手，界定"翻译伦理"的指涉范围，明确翻译伦理研究的研究对象。进而再从伦理的角度分析莎剧群体性误译现象以及隐含的翻译诗学与时代特点。

1. "伦理"概念释义

"伦理"二字在中国古已有之，最初"伦"与"理"是单独使用的。"伦"主要的意思为"和"，如"八音克谐，无相夺伦"；"理"的原意为"治玉"，如"玉之未理者为璞，剖而治之，乃得其鰓理"[1]。自古以来，伦理就是人与人以及人与自然的关系和处理这些关系的规则。如"天地君亲师"为五天伦；又如"君臣、父子、兄弟、夫妻、朋友"为五人伦。忠、孝、悌、忍、信为处理人伦的规则。

---

[1] 高兆明著：《伦理学理论与方法》，人民出版社，2005年，8-9页。

从学术角度来看，人们往往把伦理看作是对道德标准的寻求。

在西方，ethics 源自希腊文"ethos"，意为"本质"、"人格"、"风俗"、"习惯"，其实它所探讨的就是有关人与人之间的关系问题。根据牛津词典的解释，ethic 意为"a system of moral principles or rules of behaviour";ethics 意为"moral principles that control or influence a person's behaviour"。[1]

近代以来，开始用"伦理"指人际关系的规律与规范。所谓"伦理性"是指人类社会中人与人之间关系与行为的秩序规范。它不仅涉及同一民族、同一文化中人类关系问题，同时指涉不同文化之间的关系。伦理学问题关涉道德、风尚，关涉有道德价值的东西，关涉被视为人的行为的准则和规范的东西。[2] 结合古今中外关于"伦理"的概念分析，我们至少可以做出如下判断：1）伦理针对的是人和人的行为;2）伦理是规范与规律的统一。这样,作为翻译结果的"翻译"将无伦理可言，而作为人类行为的"翻译"和作为行为主体的"翻译"即译者都可言伦理。翻译伦理就有面向翻译行为的翻译伦理和面向翻译行为主体的翻译伦理。[3] 翻译作为人的行为和活动，固然要受到文本内和文本外各种客观因素的影响。中国古代是一个伦理型社会，中国传统翻译理论中的伦理关注非常值得重视。译者作为个体的存在，必然要受社会规范的制约，遵循有关道德价值观念，译者主体性的发挥必然受其自身价值观的制约和影响。考察中西方翻译思想史，我们发现，从翻译研究的语文学范式、结构主义范式到解构主义范式，人类研究深受哲学理论的滋养。而伦理学是道德哲学，它研究道德现象的起源、本质及其发展变化，是揭示人类社会道德行为规范的科学。[4] 翻译是以语言为媒介的跨文化的社会实践活动，尤其是不同翻译研究范式的演变深受西方当代伦理思想的影响，其中必定关涉到主体间关系问题，因此必将涉及伦理学原则。

2. 翻译伦理

在西方，直到 1980 年代，翻译理论界才对翻译伦理进行深入的研究。法

[1] Oxford Advanced Learner's English–Chinese Dictionary7th, 商务印书馆，2009 年。

[2] 查尔斯·莫里茨·石里克著：《伦理学原理》，华夏出版社，2001 年，第 5 页。

[3] 王大智：《"翻译伦理"概念试析》，《外语与外语教学》，2009 年第 12 期，第 62 页。

[4] 陈汝东著：《语言伦理学》，北京大学出版社，2001 年，第 3—4 页。

国文学翻译家、翻译理论家安托瓦纳·贝尔曼（Antoine Berman）是翻译伦理研究的先行者，贝尔曼第一个提出了"翻译伦理"的概念，并在其著作《翻译和异的考验》一文中提到了"翻译行为的伦理目标"（ethical aim of the translating act）。此后，"翻译伦理"的思想也引起译界强烈反响。美国解构主义翻译理论家劳伦斯·韦努蒂（Lawrence Venuti）在 1998 年在英国 Routledge 出版公司出版的理论专著《翻译的耻辱——存异伦理初探》（The Scandals of Translation: Towards an Ethics of Difference）一书中提出"存异伦理"思想，这部著作可以看作是翻译伦理研究的开山之作。2001 年，英国曼彻斯特的圣杰罗姆公司发行的刊物《译者》（the Translator）特刊第 7 卷第 2 期出版的特辑《回归伦理》"the Return to Ethics"，并刊出 16 篇论文。在这期辑刊中，芬兰赫尔辛基大学的切斯特曼（Andrew Chesterman）发表的论文 "Proposal for a Hieronymic Oath"，对翻译伦理的建构更具有重要意义。切斯特曼归纳出了四种现有的翻译伦理模式，分别是：再现伦理（ethics of representation）、服务伦理（ethics of service）、交际伦理（ethics of communication）以及基于规范的伦理（norm-based ethics）。这四种伦理模式又分别凸显了不同的伦理价值：再现模式重在事实（truth），服务模式重在忠诚（loyalty），交际模式重在理解（understanding），而规范模式则强调信任（trust）。[1] 其他学者如赫曼斯（Theo Hermans）、图瑞（Gideon Toury）等人关于翻译与规范的争论，威努蒂（Lawrence Venuti）关于译者隐身，诺德（Christian Nord）对忠实原则的重新解释等都反映了翻译研究的这一趋向。这些研究无疑有助于人们认识翻译在伦理层面的问题，此后翻译伦理的研究从探索阶段渐趋理性研究。

在国内，吕俊教授首次提出"翻译伦理学"这一新术语，他认为："翻译伦理学是跨文化交往活动中的道德规范。"[2] 根据吕俊的划分，中国的翻译经历了三个范式，即语言学范式、结构主义、解构主义范式等一系列过程。从传统的以"忠实"为主导的模式到当代解构主义范式，在每个研究阶段，都折射出西

---

[1] Andrew Chesterman. Proposal for a Hieronymic Oath［J］.The Translator，2001，7 (2).139—142.

[2] 吕俊、侯向群著：《翻译学——一个建构主义视角》，上海外语教育出版社，2006 年，第 248—280 页。

方的伦理思想。吕俊教授在其以言语行为理论为语言学基础的建构主义翻译观中认为翻译活动可分为双重结构，即陈述部分和施行部分：前者指译文本身是关于"怎么说的"的问题，是以语言学规则如语义、句法等为评判参照，属于被支配地位；后者则是译者的文化立场、目的性、审美倾向、个人偏好、译文读者对象的选择定位等主体性很强的因素，是关于"为什么这么说"的问题，其中关涉译者的交往资质，即在两种不同文化间进行合理交往的能力，决定了使用怎样的语言形式来建立不同文化之间的交际关系。由此，施行部分居于支配地位，其评判标准是一种道德和文化价值评判，是需要用社会规范和准则进行评判的。因此，翻译活动中居于支配地位的语旨内容（施行部分）具有强烈的主体意识，需要社会规范和道德伦理的规范。[1]

作为跨文化跨语言的人际交往行为，翻译活动无疑会需要伦理原则的指导和帮助，翻译研究也相应地需要伦理学的有力支撑。国内翻译界对误译问题的探讨始终没有停止过，而近十年来研究重心已经发生了明显的转移：从最初的文本错误分析发展到了对误译现象的理论研究。近年来，有关"翻译伦理"的研究不仅逐渐引起翻译理论界的关注，而且越来越多的莎剧翻译也开始关注"翻译伦理"的问题。

如《罗密欧与朱丽叶》第三幕第二场中有这样一个情节：罗密欧与朱丽叶曾山盟海誓，可这对苦命鸳鸯只能做一夜夫妻，罗密欧就要被放逐。奶妈拿来一根绳子做软梯，叫朱丽叶晚上挂在楼窗前，好让罗密欧爬进朱丽叶的闺房，与她幽会。朱丽叶望着绳索感叹：

He made you a highway to my bed,

But I, a maid, die maiden− widowed.

译文一：他要借你做牵引相思的桥梁，

可是我却要做一个独守空闺的怨女死去。（朱生豪译）

译文二：他本要借你做捷径，登上我的床；

可怜我这处女，守活寡，到死是这样。（方平译）

---

[1] 吕俊：《文学翻译：一种特殊的交往形式》，《解放军外国语学院学报》，2002（1）.64。

译文三：他使你作为通往我的床上的大路；但是我一直到死是个处女寡妇。（梁实秋译）

中国人自古以来视"性"为极其敏感隐晦的话题,因此朱译本处理成"相思"则符合中国传统的朦胧含蓄之美。而随着社会不断发展和东西方文化的融合,中国人逐渐开始接受西方思想文化,方译本采取直接处理的方式也已经为读者接受。这个译例进一步说明了目的语文化伦理道德规范对文学翻译的制约作用与目的语文化接受状态有关。中国有一千多年儒家正统思想的统治,有与中国传统伦理合流的道德规约。在上世纪30年代中国处于闭关落后的时代,文化开放程度还不高,由于受传统的伦理价值观的影响,朱生豪为了便于那个时代的读者接受,把形象的"床"改为抽象的"相思",把灵与肉的交融变为单纯的精神之爱,文字典雅了,粗俗消逝了。[1]对于上世纪30年代的中国读者来说,朱生豪的翻译是适应读者审美接受范围的。20世纪后期,随着西方文化思想的进入,中国传统的伦理价值观也受到一定程度的冲击。相比之下,方平的译文中这两行稍微带有隐含性描写的译法属于中国读者审美接受范围之内,因此方平的重译适应了时代的需要,既能够被译文读者接受,又很好地传达了原作的"神味",因为"床"是性的象征,莎士比亚原文也表达了朱丽叶对灵与肉融为一体的渴望。方译让中文读者和研究者品尝到了莎剧的原汁原味,窥见到了那个时代的真实的社会生活和真实的莎士比亚,从而能够更加全面地理解莎剧,更加准确地把握莎剧的时代精神和思想内涵。梁实秋认为莎剧翻译的原则是"保其存真",以雅还雅,以粗俗还粗俗。他认为人性层面的生理表述不应该避讳,以求保持莎剧原貌。

"翻译活动同样是一种对话和交往,是一种不同文化间的言语交往行为,这就要求人们遵守一些准则和规范,因为是不同文化间的交往,涉及到的问题要更多、更复杂,如语言差异、文化差异以及文化地位的不同,对异常文化的态度情感也不一样。这就是说它更需要伦理学的指导。这是翻译自身对伦理学的需要。此外,语言本身也存在着伦理性因素,即伦理语言。在人们长期使用语言的过程中,人们的习俗、习惯,包括伦理关系的因素也自然而然地沉淀在

---

[1] 李汝成：《走近莎士比亚》,《外国文学》,2002年第6期,86页。

语言之中。所以，在翻译这种以语言为媒介的活动中，不思考其中的伦理学原则是不可思议的事，翻译伦理学应是翻译学的一个组成部分和研究内容。"[1] 由于误读本身体现了译者伦理观在翻译活动中的现实映射，并在一定程度上印证了翻译伦理的历史性特征，因此，朱生豪、梁实秋和方平的译文已经不能简单地从语句意义上来分析"对"与"错"的问题了，只能从文化语境出发，以翻译文学为视角去审视。朱生豪、梁实秋等都是我国著名的莎剧翻译家，他们的译作曾被视为中国文学翻译史上的经典，随着时间的推移，当代翻译家方平等在前人的基础上，以新时代翻译思想为指导，大胆尝试，在作品形式和内容上力求更加贴近原作。总之，误读现象的历时变化体现了译者伦理观念的动态变化和译者自觉意识的增强。

正如王佐良先生翻译英国哲学家培根 (Francis Bacon) 的《论读书》(Of Studies) 中的经典表述："读史使人明智，读诗使人灵秀，数学使人周密，科学使人深刻，伦理学使人庄重，逻辑修辞之学使人善辩；凡有所学，皆成性格。"每个学科都有不同的特点，学不同的学科会塑造不同性格的人。学习不同的内容，会让这个人具备不同的性格素养。伦理学使人庄重，不仅意味着人要面对道德，而且意味着要面对社会规范。可见，伦理学是一门研究做人的道德哲学。翻译与伦理学如何联系起来？众所周知，翻译是跨语言和跨文化的行为，需要有规则来规范这种交往行为，而探讨这种规则的合理性与有效性，翻译思想的理论范式与伦理诉求，则正是翻译伦理研究的主要内容。尽管对于翻译伦理的研究已经屡见不鲜，关于误译的研究也比较多，但是对于莎剧群体性误译的伦理研究则比较鲜见。特别是对于不同的莎剧译者在不同的时代产生的相同或者类似的误读与误译是不可忽视的重要现象。译者由语言接受的全部历史文化及其个人的经验所形成的前见，在文学翻译过程中总是不自觉地从自己的偏见出发去阐释文本，因此不可避免地产生文化误读与误译现象。但是同一部文学作品时由于不同的前见从而造成理解上的不同进而形成合理的有意误译更值得思考，特别是被时代认可的历史性误读和误译所隐含的道德伦理因素需要进一步挖掘。同时，文化误读使得外国文学作品易于在译语文化中传播，有助于建立

---

[1]　吕俊著：《跨越文化障碍——巴比塔的重建》，东南大学出版社，2001 年，271— 272 页。

起文化交流，增进跨文化的融合与对话。

3. 伦理视阈下的莎剧翻译研究

传统的翻译观念是指两种语言之间的转换，但是却很少涉及翻译的目的内容本身，比如朱生豪、梁实秋等人为何选择莎士比亚？他们译莎的缘由是什么？当然，这与译者的价值取向、译者对于自己所处时代环境的综合考量，抑或是受赞助人的安排有关。

1933 年，朱生豪从之江大学毕业后，进入上海世界书局工作。于 1935 年在同事詹文浒先生的鼓励下，与上海世界书局签订了译莎合同，决心翻译《莎士比亚全集》，从此开始了长达十年的莎剧翻译历程。梁实秋于 1930 年受新文化运动的代表人物胡适的委托开始着手莎士比亚戏剧的翻译。梁实秋译莎是与胡适的赞助有关。在胡适的倡导组织之下，梁实秋加入了"五四"新文化运动这场启蒙运动之中，以促进不同语言文化之间的相互交流为目的开始了译莎的征途。

虽然朱生豪与梁实秋都是莎剧的翻译大家，但二人的翻译思想与诗学观念存在着明显的差异。朱生豪酷爱古诗词，所做的诗词中格律严整者颇多，因此其译文具有鲜明的音乐性。但是热爱诗歌，强调格律，并没有使译文因辞害义，归根结底源于朱生豪在结构层面的"诗性忠实"，强调文学作品反映人的精神生活，而这种精神结构与美学之外的身份、命运等伦理和意识形态观念是紧密联系的。朱生豪在翻译莎剧的工作开始不久，就在书信中写道："舍弟说我将成为一个民族英雄，如果把 Shakespeare 译成功以后。因为某国人曾经说中国是无文化的国家，连老莎的译本都没有。"[1] 这一段话非常值得推敲，日本人的讥讽大约是认为中文无莎剧全集译本便无人懂得莎士比亚，但是朱生豪显然没有这个想法，他坚持认为中文莎剧全集的翻译出版堪称"民族英雄"，可能包含了两个方面的内容：其一，中译本有助于丰富民族文学与文化，是对本民族的精神贡献；其二，中译本有助于在世界文学之林中表达出中文对于莎剧的独特解读方式，是民族精神在世界文学平台上发声的契机。由此可见，朱生豪这位之江大学（浙江大学前身）国文系出身的文学翻译家，其翻译的出发点始终是扎根于中国民族文学的繁荣。与之截然相反的是，"在梁实秋看来，翻译不可

---

[1]　宋清如编：《寄在信封里的灵魂——朱生豪书信集》，东方出版社，1995 年，第 246 页。

以喧宾夺主，只是为忠实地介绍原作而服务的"[1]。换句话说，两位译者的服务对象与翻译的根本出发点，一个是内向的，而另一个则是外向的。在这种情形之下，梁实秋的译作并不强调译作的流畅与可读性，指出当"忠实"与"流利"发生矛盾时，应当"在不失原文本意的范围之内力求译文之流利可诵"[2]。由于历史文化的影响，不同的译者具有相异伦理道德价值观，并带有不同翻译目的，因而翻译实践活动必然会创造出价值迥异的翻译结果。

中国传统译论认为翻译是救国图存的重要手段，同时彰显出中国知识分子"穷则独善其身，达则兼善天下"的胸怀。中国知识分子自古以来就有"天下为公"的伦理关注。历史也已经表明，伟大的翻译家是积极的社会观察家，他们对社会变化和发展潮流非常敏感。由于熟知两种语言文化，他们往往能够判断出哪些是最需要的，应该采用什么样的策略来翻译。例如，在中国翻译文学史上，自觉服从于时代与社会的需要是翻译家翻译选题的基本的价值取向，这是翻译家的参与社会的人生观和社会责任感所决定的。[3] 在此意义上来说，"翻译伦理学，作为一种应用伦理学，首先也应该研究在翻译活动和研究过程中优良道德的制定方法。也就是说，在翻译这种跨文化跨语言的人际交流与对话过程中，怎样才能确立符合伦理原则的道德规范。其次，也许是建立翻译伦理学的主要任务——研究在翻译活动全过程中优良道德，即符合伦理原则行为的制定过程诸如：我们为什么要制定翻译的伦理规范；解决翻译伦理规范的目的性问题；翻译活动伦理现实状况怎样；对翻译活动全程现实的客观描述、翻译活动应该怎样；探讨翻译的各种行事规范、规则及其体现的价值。再次，我们还要用心讨论和研究实现翻译美德的具体途径，怎样才能让翻译活动与翻译研究的参与人员自觉表现出翻译美德"。[4]

由于翻译活动涉及两个蕴含着不同文化、不同文本之间的语言转化，因此要想准确地再现原作及原作者的意图是一种难以企及的理想状态，这也为文化

[1] 白立平：《诗学、意识形态及赞助人与翻译——梁实秋翻译研究》，2004 年香港中文大学博士论文，第 26 页。

[2] 梁实秋：《翻译莎剧全集后记》，《书目季刊》1967 年第 2 卷第 1 期，第 75 页。

[3] 尹衍桐：《试论文学翻译的伦理道德内涵》，《中国石油大学学报（社会科学版）》，2012 年 2 期。

[4] 王克明：《翻译与伦理学》，《外语与外语教学》，2009 年第 5 期，第 48 页。

误读的产生留下了空间，使译文会产生多纬度和多层面的误读成为可能。从译者主体性研究的角度对译者产生误译的原因及其影响进行描述性研究剖析，探究其中的伦理因素，可以为误译研究和翻译批评提供新的视角。

二、莎剧群体性误译的翻译伦理分析

在传统的翻译研究中，译者一直奉行"忠实"的翻译原则。这些年来，随着翻译研究的发展，各种版本莎剧翻译批评的文章越来越多。大部分作者遵循的思路是首先指出某个莎剧译者文中的多处误译，分析原文理解上的偏差和有意误译而引起误译漏译外，还指出译文存在的问题；并结合译者所处的社会、文化时代背景，分析译者又是如何抉译取舍的，进而找出造成不足之处的根源所在，即找出未能得到忠实翻译的原因。而"忠实于原作"这个至今仍在译者脑海里根深蒂固的道德约束有时也会产生负面作用。"一是贬低了翻译的地位，二是忽视了翻译的复杂性，三是限制了译者的主体能动性。"[1]

诚然，"忠实于原文"是译者应当遵循的基本翻译准则。然而，随着翻译研究的发展，特别是到了文化研究范式阶段，原文至高无上的地位不再受到膜拜。我们知道翻译活动，特别是文学翻译活动不是仅由某个单一因素组成的，而是由外界、作者、作品、译者和读者等诸要素共同构成的有机整体。因此，"忠实"也应当是一个宽泛的概念，它除了要求忠实于原文，还要求忠实于作品的其他要素。根据切斯特曼所提出的翻译伦理的四个模式来说，译者应当同时对四个对象负责。然而，由于各方面的因素限制，译者实际能够做到的是对其中一个或几个对象负责。为了达到这一点，译者设法采取各种可能的翻译手段。换言之，译者所采取的翻译策略受到伦理选择和价值判断的影响，而它们反过来也影响了译者选择的过程。因此，有意误译就有可能出现。翻译伦理关注的正是"忠实性"问题，将"翻译伦理"代替"忠实于原文"更具有合理性。而不同的翻译伦理模式则代表着译者所忠实的不同对象，即：译者应当忠实于对原文的表征，忠实于保留异国文化，忠实于满足读者品味需求，忠实于社会对

---

[1] 张景华著：《翻译伦理：韦努蒂翻译思想研究》，上海交通大学出版社，2009 年，第 132 页。

翻译的期待。它们之间的区别在于译者所忠实的对象不同。[1]

在翻译中，译者不可避免会受到所在的文化语境影响。特别是莎士比亚戏剧的复杂性和丰富性，为了适应译入语的文化语境，需要译者把情节、背景和作品的意义作本土化的处理，把莎士比亚融入到某种文化的世界观和社会接受的习俗中去。中国文化深受儒家伦理道德的影响，这种文化意识逐渐潜移默化为中国人的无意识心理，成为中国人的思维定式和价值取向。中国传统伦理道德是中国古代思想家对中华民族道德实践经验的总结，是中华民族在长期社会实践中逐渐凝聚起来的民族精神。例如，根据杨周翰教授的统计，在莎剧《李尔王》中，nature 一词曾出现四十多处，翻译家朱生豪根据不同的上下文分别译成天地、本性、人性、生命、精神、身体、身心、仁慈、慈悲、人伦、天道人伦等，但最多的还是译成了"孝"。[2] 家庭伦理道德的本质与核心是孝道，它是中国传统伦理体系的根基与诸德之首。中国的"孝悌"与西方的 Piety 分别根植于自身不同的宗教文化和家庭伦理范式，所传达的语意也不尽相同。中国文化深受儒家伦理道德的影响，译者在翻译过程中，很容易使用带有中国伦理亲情关系的词语去解读和替代原语文本。因为在中国，儿女对父母尽义务被称之为"孝"，但在西方基督社会里，主张一种泛爱精神，父母疼爱自己的子女，认为是很自然的（nature），反过来子女尽责于父母也是自然（nature），他们认为每个人作为原罪者都面临着同样的最后审判，地位是平等的。而中国的儒家思想讲究"孝、悌、忠、信"，等级观念极强。其中"孝"是儒家人伦的中心，也是中国传统伦理道德的中心，"孝"的特殊文化内涵不仅成为统摄家庭关系的道德伦理原则，甚至扩展到君臣关系。以这种孝子和君臣思想支配的孝顺伦理观念是中国长期文化给人们留下的印迹，所以译者在许多地方都将表示自然关系和普遍之爱的 nature 译成了"孝"。[3] 由于深受中国传统伦理道德的影响，朱生豪在翻译莎剧时，除了上述的 nature 之外，他还将 love 往往也译为"孝"。

---

[1] 罗虹：《翻译伦理对林译小说中有意误译的阐释力——以〈黑奴吁天录〉为例》，《长江大学学报（社会科学版）》，2011 年 7 期。

[2] 杨周翰著：《镜子与七巧板》，中国社会科学出版社，1990 年，第 91 页。

[3] 曹英华：《论文学翻译中的文化介入》，《牡丹江大学学报》，2008 年第 2 期，第 74—75 页。

在不同文化的碰撞和交流中，译者往往会受到他所在的文化环境下形成的伦理价值观的影响，常常以目的语（target language）文化的语境去解读和替代源语（source language）文化信息，使得出发语文化在向目的语文化迁移的过程中表现出目的语伦理文化的印迹。由此可见，如果仅从语言忠实、对等的角度来看，nature 和 love 译成了"孝"貌似不忠实，甚至说是误译。

"误译"一词的产生在一定意义上正是译者一直奉行"忠实"的翻译原则所造成的，如果译文不能准确地再现原文，就是对原文不忠，其结果就是误译。然而，在许多情况下，误译并不是由于译者力所不能及而产生的谬误，译者可能出于各种考虑而决定对原文不忠实，而正是这种经过译者深思熟虑的误译在很多情况下会产生积极的效果。在此，我们只是借用"误译"这一传统表达来泛指所有和原文不对等的翻译，那么，究竟在什么基础上来建立误译评价体系更趋于合理呢？因此，翻译伦理对误译问题具有较为充分的解释力。[1] 特别是对于同一译本的群体性的误译来说，至于究竟如何来评价误译，什么样的误译是消极的，什么样的误译是积极的，不同的理论视角会得出不同的结论。如《哈姆雷特》第二幕第二场：

The best actors in the world, either for tragedy, comedy, history, pastoral, pastoral-comical, historical, pastoral, tragical-historical, tragical-comical-historical-pastoral, scene individable, or poem unlimited. Seneca cannot be too heavy nor Plautus too light. For the law of writ and the liberty, these are the only men.

朱生豪译："他们是全世界最好的伶人，无论悲剧、喜剧、历史剧、田园剧、田园喜剧、田园史剧、历史悲剧、历史田园悲喜剧、场面不变的正宗戏或是摆。无论在演出规律的或是自由的剧本方面，他们都是唯一的演员。"

争议最大的是最后一句：

For the law of writ and the liberty, these are the only men.

梁实秋译："无论按照规律的作品。或者自由创制的作品，这一剧团都是当

---

[1] 郑敏宇：《翻译伦理对误译评价的启示》，《中国比较文学》，2012 年第 3 期，第 92 页。

今一时无双。" [1]

朱译本后来在修订的时候改为:"无论在规律的或是即兴的演出方面,他们都是唯一的演员。" [2]

这段译文的争议在于 law 和 liberty 两个词汇。law 的词典意义为"规律、法则、法律",liberty 的词典意义为"自由、自主",朱生豪的译文采用了"脱拘束的新派戏,他们无不拿手;塞内加的悲剧不嫌其太沉重,普鲁图斯的喜剧不嫌其太轻浮规律"和"自由"。译文容易让读者产生困惑,"规律的"和"自由的"剧本在此表示什么内容的剧本?译文在此没有将原文的真实意义表达出来。张世红经过考证认为原文 the law of writ and the liberty 在此意为 classical tragedy and classical comedy,即"古典悲剧和古典喜剧"。因此,这段话的最后一句应改译为:"无论演出古典悲剧还是古典喜剧,他们都是最佳演员。" [3]

莎剧中大量使用了伊丽莎白时代的语言,融入许多当时特殊的风俗、人情、习尚、典章、制度等。当时英国观众很容易明白的台词,随着时代的变迁,对今天的中国译者构成特殊的理解困难。莎士比亚创作的戏剧取材丰富,不仅以英国为背景,而且以丹麦、意大利、希腊、埃及等国为背景,涉及异域的风土人情、宗教信仰等。另外,莎士比亚在其创作的剧本中使用的词汇非常丰富,一词多义的现象经常出现。这都给翻译带来了困难。这里,朱生豪和梁实秋的理解基本一致,可能是由于时代的原因抑或是理解的误差,译文也给读者带来一定的困惑。翻译其实也是个追求真理、接近原文的过程。译者作为认识主体,有一个认识、解读原文文本的问题。由于译者的语言和文化能力、经验、实践因素的制约,对于原文文本的认识也只能是近似的。虽然翻译作为一种语际转换活动有其共同的特质,但具体到翻译实践,语言的差异又使得它又呈现如此丰富多彩的一面。

---

[1] 莎士比亚著,梁实秋译:《哈姆雷特》,中国广播电视出版社,2001 年,第 117 页。

[2] 莎士比亚著,朱生豪译:《莎士比亚戏剧朱生豪原译本全集》,中国青年出版社,2013 年,第 69 页。

[3] 张世红:《语境与翻译——试析朱生豪的〈哈姆莱特〉译本中的误译》,《国际关系学院学报》,2007 年第 4 期,第 41—42 页。

例如《哈姆雷特》第四幕第三节哈姆雷特与国王的对话：

Your worm is your only emperor for diet: we fat all creatures else to fat us, and we fat ourselves for maggots. Your fat king and your lean beggar is but variable service——two dishes, but to one table. That's the end.（Hamlet. ACT IV Chapter3）

其中的"Your worm is your only emperor for diet"一句由于结构较为复杂，容易造成误解。这里哈姆雷特是在巧妙地利用一句流行的格言："国王也是蛆虫的食物。"正如《蒙田文集》所说的那样："一位强大和得意洋洋的国王，不过是一条小虫的早餐而已。"

> 梁译：蛆虫才是筵席上唯一皇帝。
>
> 卞译：蛆虫是会餐的皇帝。
>
> 方译：你知道，蛆虫才算得上大王呢？它是头号天吃星。
>
> 朱译：蛆虫是全世界最大的饕餮家。

若从句法结构的角度出发，可以看出本句冒号以后的四行下文，正是对本句意义的具体阐释。若从语境和语义的角度出发，我们也不难看出哈姆雷特在此对国王所表露出的轻蔑态度。但是，李其金认为上述四位前辈均曲解了哈姆雷特或作者的本意，认为应该译为："国王也不过是蛆虫的小菜一碟：我们将其他所有的动物养肥供自己享用，我们又把自己养肥去喂蛆虫。肥胖的国王与消瘦的乞丐不过是不同的菜肴——两道菜，同一桌。就这么回事。"[1]

按照上述作者的观点，梁实秋等四位莎剧翻译大家都误解了哈姆雷特的本意，并导致了相应的误译现象，这也说明了莎剧的群体性误译是因为误读而产生的。莎士比亚语言的丰富多彩，生动活泼。莎士比亚被后人称为是语言大师，这不当因为其用的词汇量多，还在于它在作品中采用的多种修辞手法包括隐喻、夸张、矛盾修饰、双关、拟人等语言艺术手法。当然，这也给翻译带来了很大的困难。有些短语结构虽很简单，但意义却很难捉摸，如有疏忽，也会产生误

---

[1] 李其金：《论〈哈姆雷特〉汉译中的误解误译现象》，宁波大学学报（人文科学版），2006年3期，第30页。

译而影响译文质量。如一幕五场中朱丽叶的一句话：

Jul：You kiss by the book

朱译：你可以亲一下《圣经》。

曹译：你接吻都引经据典的。

吕俊认为朱、曹两人的译文都不理想，原因在于他们没弄明白 by the book 这一短语的含义，而且朱译把 kiss by the book 和 kiss the book 混为一谈了。而曹译也不确切，因为罗密欧并没有"引经据典"，而只是说话十分巧妙，借机连续亲吻了朱丽叶，故应译作："你连接吻也说得头头是道，真好象学过这门学问。"这里 by the book = in a methodical way。[1]

近年来，随着莎剧翻译研究的深入，莎剧译者的译文往往因其误译而受到批评。当然，很多误译的确是值得注意的，但是研究者很少考虑误译特别是群体性产生的原因是因为莎士比亚研究本身的时代性谬误以及美学评价标准的问题。比如说朱生豪的译文批评者甚多，可是很少有人会想到他是在内忧外患、生活困窘、资料奇缺的条件下，以一人之力谱写出一曲译莎的神话。

然才力所限，未能尽符思想，乡居僻陋，既无参考之书籍，又鲜质疑之师友。谬误之处，自知不免。所望海内学人，惠予纠正，幸甚幸甚！[2]

除了莎翁原著之外，朱生豪手头仅有《牛津词典》和《英汉四用词典》可资查考，工作的难度和耗费的精力难以想像。相比之下，梁实秋不论从物质条件还是经验和学识上都有着朱生豪无法相比的优势。尽管学界认可梁实秋以最为科学严谨的态度来翻译莎士比亚戏剧，然而通过近十年莎士比亚翻译研究的成果也发现梁译和朱译在许多关键问题上都具有类似的误译。这种群体性的误译已不能用错误来描述，而是要考虑到译文能够在中国文化语境中为何获得读者的理解与接受而最终达成认可。译文在多重评价标准下的妥协与接受，正是因为译文具有了深刻的伦理性因素。

---

[1] 吕俊：《浅谈词义的理解与翻译》，《中国翻译》，1986 年 1 期，第 50 页。

[2] 吴洁敏、朱宏达著：《朱生豪传》，上海外语教育出版社，1990 年，第 264 页。

由于莎剧文本的复杂性，以至于很多翻译存在争议。加之英汉的差异，使得在翻译实践中，停留在表层结构分析，因而误解了作者的原意，从而造成无意误译的后果。如：

It is a wise father that knows his child.（The Merchant of Venice II ii）

梁实秋译："聪明的父亲才能认识他自己的儿子呢。"

朱生豪译："只有聪明的父亲才会知道他自己的儿子。"

钱歌川先生认为他们两位都译错了，应译为："任何聪明的父亲都不见得完全知道他自己的儿子的。"钱先生的译法是根据句型确定的，他认为这句话与"It is a wise man that makes no mistakes"（"任何聪明人都不免要做错事"或"智者千虑，必有一失"）这一句型相似，所以也应作同样的理解，译为"任何聪明的父亲也不见得……"

从表面上句型的分析，这种译法似乎也不无理由，但是如果我们结合上下文意和时代背景来探索，可能就会有不同的认识。我们还必须了解这句成语的时代背景。原来这句话同"It is a wise man……"那句成语是风马牛不相及的。这是套用十七世纪英国流行的一句成语：

"It is a wise child that knows his own father."

因为小孩子从小在母亲怀抱里长大，有的孩子往往只知有母不知有父。

在这里，莎士比亚套用这句成语，故意把"child"和"father"两个字颠倒一下，更增加了诙谐意味。从以上这些译例，已足以说明深层结构的分析对于翻译的重要意义，停留在表层结构的分析，往往得不到正确的结论。所以，"望文生义"应当引以为戒，而"No context, no text(meaning)"则是一条必须遵守的原则。所以只凭表面句型的理解，不结合上下文意和时代背景，这种译法恐怕不完全符合莎士比亚的原意吧。[1]

---

[1] 例证可参见劳陇：《望文生义——试谈深层结构分析与翻译》，《外国语》，1984年第2期，第55页。

对于这句台词的翻译，在 90 年代《中国翻译》曾经多次载文争论，[1]人们对该句究竟应该怎样译最终似乎并未达成共识。对此争议，方平也认为朱译没有错，该句属歧义句。英国有句谚语："It is a wise child that knows his own father." 朗斯洛特反其意而用之，说了一句俏皮话。我国有"知子莫若父"的说法，但这里的"know"并没有"了解自己的孩子"的意思（像刘译那样）。朗斯洛特是在取笑有许多父亲糊里糊涂地把不是自己的亲生儿子当作亲骨肉。总之，方平认为朱译这一句并未误译，那些指出朱译本误译的说法可能有误解处。文学翻译中的译文虽有正误之分，高下之别，但没有统一的标准译文，不必强求一律，更不宜认为此外都属误译之列。[2]

关于此类翻译的辩论在学术界司空见惯，特别是像莎剧这样的经典文学作品，由于各种因素的复杂性使得翻译成了 "to be or not to be" 式的无解，但这并非没有意义，毕竟通过各家的分析可以看出汉语和英语各自的精妙以及中西文化的差异。

在《麦克白》剧二幕三场开始：

Janitor : Here's a farmer that hanged himself on th' expectation of Plenty.

朱译：门房一定是什么乡下人，因为久盼丰收而自缢身死。

梁译：守这必是因五谷丰登而自缢的一人农夫。

两位大师在这里都译错了。农夫为何"久盼丰收"或因"五谷丰登"就要吊死自己呢？道理上说不过去。译者把原文意思理解反了。看门人半夜从好梦中被敲门吵醒，憋了一肚子气，戏以地狱看门人自嘲，嘴里不停地咒骂敲门者是个囤粮盼灾、以期粮价飞涨好大赚横财的富农；谁知遇到了丰收年，粮价不涨反大跌，赔损太大，无以为计，只好上吊，死后来敲地狱之门。朱译本全集再版的时候修订了这个错误，改为："一定是个囤积粮食的富农，眼看碰上丰收

---

[1]　刘云波：《英谚中一种特殊句型的翻译》，《中国翻译》，1994 年第 1 期；方平：《朱生豪并未误译》，《中国翻译》，1994 年第 6 期；劳陇：《关于"it is a wise father that knows his own child"句的翻译》，《中国翻译》，1995 年第 1 期；刘军平：《也谈"It is a wise father ... "的翻译》，《中国翻译》，1995 年第 4 期。

[2]　方平：《朱生豪并未误译》，《中国翻译》，1994 年第 6 期，第 46 页。

的年头，就此上了吊。"这种译文比较切意妥当。

翻译活动是一种伦理行为，译者不同的伦理倾向会导致他采取任何翻译策略，翻译中的有意误译正是如此。所以，有意误译是译者为了遵循一种或几种翻译伦理模式而采取的有效翻译策略。谢天振将误译分为"无意误译"和"有意误译"。有意误译是指："译者为了迎合本民族读者的文化心态和接受习惯，故意不用正确手段进行翻译，从而造成有意误译。"[1]

由于受社会接受语境和译者个人道德伦理规范的影响，一些译者在翻译莎士比亚的作品的时候，对其中认为有悖于接受语文化的伦理道德的色情语言也采取了回避的态度，比如朱生豪译《莎士比亚全集》时把这些部分几乎完全删去。在处理这些语言现象时，由于"有意误读"，以至于有时候翻译得词不达意，使读者难以理解，在某种程度上也误解了莎士比亚的语言特色，造成了误译。

例如，在《罗密欧与朱丽叶》第二幕第一场中，茂丘西奥那段著名的台词就颇具色情味。

Mercutio: If love be blind, love cannot hit the mark.

Now w ill he sit under a medlar tree,

And wish his mistress were that kind of fruit

As maids call medlars when they laugh alone.

O h Romeo, that she w ere, oh that she were

An open et cetera, thou a poperin pear!

(Romeo and Juliet II.i 33—38)

茂丘西奥：爱情如果是盲目的，就射不中靶。此时他该坐在枇杷树下了，希望他的情人就是他口中的枇杷。—— 啊，罗密欧，但愿，但愿她真的成了你到口的枇杷！[2]

曹禺译：如果爱是盲目，爱人就射不中那靶。他现在睡在那"桃儿"树下面，想着他的情人就是一个桃，桃儿是女人们在一起玩笑时指着什么才使用的字眼，哦，柔蜜欧，希望你的爱人是啊，是一个开了口的桃儿，你是一个香蕉。

[1] 谢天振：《译介学》，上海外语教育出版社，1999 年，第 153—154 页。

[2] 莎士比亚著，朱生豪译：《莎士比亚全集》（四），人民文学出版社，1978 年，611 页。

读者读到这儿可能不会感觉有什么色情的意义，只是认为茂丘西奥用了一个比喻：把情人比喻成枇杷，尽管这个比喻怪怪的。而且对于"an open et cetera"、"a poperin pear"等词语的意义采取了有意回避的态度，从而使读者难以理解其中的真意。后来研究者发现实际上这里是一段十足放荡的淫秽玩笑，版本校勘者发现"et cetera"（及其他等等）原来是一个被替换的词。更早先的剧本稿显示这里原先是另外一个词组——open arse，"open arse"是一个俚俗的叫法，它指的是一种水果——欧楂果，也即诗句前面提到的"medlar"。莎士比亚显然在这里使用了双关语，"arse"的意思是"屁股"。由于这个双关语把本该隐藏的意思表露在外（欧楂果本身就是因为形状像一个屁股才被说成"open arse"）。另外一个双关语"poperin"是对"poperinghe"（比利时一城镇的古名）的故意缩写，那地方盛产一种梨子，据说形状颇有几分像男性的阳物。于是"poperin pear"的意思恰好对应着前面的"open arse"，不仅如此，"poperrin pear"的读音如果被某个心领神会的演员说出来，几乎可以跟"pop in her"（猛然放进她）差不多。到这里，读者再回过头去阅读整段台词，就可以理会莎剧中这段台词透露出的十足放荡的淫秽玩笑。[1]

尽管朱生豪在翻译这段台词的时候没有译出原文的色情意味，但也有一定的考虑，比如为何把"medlar tree"译成"枇杷"？其实"medlar tree"（欧楂，欧楂属植物，欧楂果，原文 medlar tree，学名为 Mespilus germanica）系亚洲产的一种苹果科植物，其果于烂熟时方可食用，顶上平坦而裂缝，象征女性性器官。相比之下，枇杷（学名 Eriobotrya japonica；英文常用 Loquat）是中国南方常见的一种水果，厚而有茸毛，呈长椭圆形，状如琵琶。

在上面的译文中，朱生豪用枇杷代替欧楂，可能是从形状上皆有象征女性性器官的角度出发，但是没有考虑到原文的语言粗俗、下流的特点，而过于"雅"化，也算是一种误译。相比朱生豪用枇杷代替欧楂，曹禺译"桃儿"，而用"香蕉"代指男性。对照原文和译文就不难发现其中的差异：原文有性器官的比喻，语言粗俗，符合茂丘西奥爱说下流话、爱开玩笑、爱玩弄文字的性格特征。而译文语言平淡，少了原文的"粗俗"。对照原译文，可以发现原文有性器官的

[1] 小白：《好色的哈姆莱特》，《书城》，2007 年第 7 期，第 89—90 页。

比喻等粗俗语言没有了，而译文语言平淡甚至略带诗意。有学者重译作："如果爱情是盲目的，就射不中靶，此刻他该坐在枇杷树下，希望他的情人就是那枇杷了，也就是姑娘们私下笑说的那种'有缝的枇杷'。啊，罗密欧，但愿，但愿她就是那有缝的——不说也罢——而你呢，当然是个坚挺的大梨喽。"[1]

的确，改译后的译文更符合原文有性器官的比喻，语言粗俗特点，也符合茂丘西奥爱说下流话、爱开玩笑、爱玩弄文字的性格特征。但这是我们根据现代审美标准作出的判断。但设想如果真的将这样的译文放在上个世纪中叶的中国，又有几个读者能欣赏、接受这样的译文？由此可见，朱生豪在处理这类文字时往往采取"净化"或"雅化"的有意"误译"手法。但鉴于朱生豪生活时代的接受语境和文化传统的因素，这种处理可以理解。但这也引起了学术界、翻译界的争论，有学者认为朱译本在很多地方就不能传达原作的"神韵"，不能客观反映原作的风貌，这其实与朱生豪本人的初衷也是相悖的。朱生豪善于传达莎翁高雅文字的"神韵"，却不善于（毋宁说不屑于）传达莎翁粗俗文字的"神韵"，这是他的一大缺憾。"净化"之举，虽包含译者一番良苦用心，但以如何正确对待外国经典作品来衡量，则是不足取的。[2]

相比之下，梁实秋在处理这类语言现象的时候与朱生豪有所不同。在梁实秋看来："莎氏剧中淫秽之词，绝大部分是假藉文字游戏，尤其是所谓双关语。朱生豪先生译《莎士比亚全集》把这些部分几完全删去。他所删的部分，连同其他较为费解的所在，据我约略估计，每剧在二百行以上，我觉得很可惜。我认为莎氏原作猥亵处，仍宜保留，以存其真。"[3] 朱生豪与梁实秋对待莎剧中淫秽之处的处理方式明显不同。梁实秋显然是采取"存其真"，而朱生豪认为这些不能等大雅之堂，对有悖于当时中国社会伦理道德的内容在潜意识里有对抗的情绪，故采取了"有意误读"的"误译"方式，这反映了译者的文化倾向和文化价值观。

莎剧译文中的误译并非刻意标新立异，而是在剧情与韵律的流动中不得不做

---

[1] 朱骏公：《朱译莎剧得失谈》，《中国翻译》，1998年第5期，第26页。

[2] 朱骏公：《朱译莎剧得失谈》，《中国翻译》，1998年第5期，第26页。

[3] 梁实秋：《莎士比亚与性》，刘天、维辛著：《梁实秋读书札记》，中国广播电视出版社，2001年，第12页。

出的妥协。翻译带有情色等内容时则采用转换、回避或删除的"雅化"方法，对原文进行"有意误读"，其中深层原因之一是译者受本国传统文化中道德因素的影响，对那些有悖于传统伦理道德的内容存在着潜意识的抗拒。在许多关键性问题上，朱生豪译文与以精确著称的梁实秋译文有着大量共同的误译，这体现了莎士比亚精神在中文历史语境中受到的排斥或者调整，是文学传统中民族特性的集中体现。由于误译产生的原因以及误译的效果复杂多样，因此对误译进行定义时，不必作出价值判断，仅以现象描写为主，笼统地将误译界定为"在内容或形式上与原文不对应的翻译"即可。误译的主体自然是译者，译者在翻译过程中难免会对原文进行不同程度的误译，用"无意"、"有意"来划分误译的类型恰恰凸显了译者的主体性，因而从译者伦理的角度来考察误译更具有概括性。[1]

朱生豪、梁实秋等对于莎士比亚戏剧的误译并不完全是他们作为译者个性的体现，而是所有莎士比亚戏剧译者面临的共同困境的一种解决思路。译者的文化倾向决定他以何种心态、何种方式接受信息，莎作的翻译在某种程度上体现了译者受译入语道德思想影响时所采取的翻译策略。莎士比亚戏剧在中国的翻译和传播过程中经历了难以想象的大量误译，其中甚至包括两个或者多个译者对于同一个内容的相同或者相反误译，大量共同误译构成了具有鲜明时代和文化特征的群体性误译，成为了莎士比亚戏剧中国化研究中非常重要的问题。

三、莎剧群体误译的翻译诗学伦理

1. 伦理的诗学批评思想

"诗学"（poetics）一词源于亚里士多德（公元前 384—前 322 年）《诗学》，此书原名的意思是"论诗的技艺"（Poietike Techne）。从希腊文的词源意义来说，"诗"有"创作"的含义。从广义的角度来说，诗学意为从文艺角度对诗的本质、形式和法则的评论，也指诗歌艺术的审美研究和艺术创作。在西方文化史上，亚里士多德首次构建了系统的美学理论，即以诗学的形式来探索希腊艺术的历史演变，总结其发展规律和创作原则。虽说亚里士多德的"诗学"是在分析悲剧的基础上来阐述文艺规律，但实际上是包括戏剧和诗歌研究在内的整个文艺

---

[1] 郑敏宇：《翻译伦理对误译评价的启示》，《中国比较文学》，2012 年第 3 期，第 96 页。

理论，也可以说是一种广义的诗学。而伦理学（ethics）则是关于人类行为的准则的科学研究，显然与诗学在研究对象和研究方法上都有很大的不同。但诗学与伦理学又具有内容上的交叉和渗透，因而使伦理学角度对诗学进行研究的概念得以成立。诗学是指在一定历史时期文学作品所必须遵守的文学手法，翻译也不例外。在翻译时如果目标文化的意识形态与翻译作品的诗学发生冲突，后者还应该是首先加以考虑的。从诗学角度来说，翻译不仅是一种跨文化交流，它同时也可以是一种更深层的伦理探索。

翻译行为是一个以译者为中心的复杂系统。"从静态的角度来看，它不仅包含译者与作者、读者的主体间关系，也包含译者与文本以及世界的主客体关系。从动态的角度来看，它是译者在主体间和主客体对话基础上不断选择的行为过程。无论从哪个角度，翻译都与伦理道德有着深刻的联系。概言之，无论是主体间关系还是主客体关系中都包含着伦理道德的内容，翻译行为必然受到一定的伦理道德原则和规范的制约，并往往对社会的伦理道德价值观产生影响。"[1] 因此，翻译研究不仅应该关注语言层次上的对错问题，还要关注伦理层面的道德问题，即言语行为的诗学问题。

翻译诗学是将翻译艺术上升到理论形态。一切具有文学性的译作、具有艺术性的译技译论都是翻译诗学的研究对象。"翻译诗学是要使原语与译语之间时代与时代之间，文化与文化之间的种种矛盾得到一个历史客观性的解释。每个时代，每个社会，每个阶级都会产生自己的翻译家，时代表征在翻译中与创作中表现得同样明显。"[2] 把诗学融入翻译研究，通过这两个领域的交叉互补，可以提供一种翻译批评和文本批评的新视角，既从文本分析的角度去思考翻译问题，又从翻译的角度去发现文本的丰富性。

晚清以来，受到中学为体，西学为用的观念影响，许多译者在翻译外国作品时采取归化的手段，将其改译为中国读者熟悉的语言表述，比如删去当时国人不太习惯阅读的大段冗长的心理、环境描写及与中国传统的文化相抵触的地

---

[1]　尹衍桐：《试论文学翻译的伦理道德内涵》，《中国石油大学学报（社会科学版）》，2012年2期，第93页。

[2]　许钧、袁筱一著：《当代法国翻译理论》，南京大学出版社，1998年，143页。

方，特别是译者认为"有伤风化"的细节描写。晚清的意译，并不能等同于当代的意译概念，更准确地说是"豪杰译"。[1]

自中国近代以来，文学翻译中这种所谓的"豪杰译"无疑是较为普遍存在的。对照译、原作不难发现，无论是"豪杰译"或"编译"还是增删调改，这些处理中很多都与伦理方面的考虑有关，可以说它们是中国近代文学翻译史上处置伦理方面内容的基本手段。"在行文的具体表达和描写上如果遇到中国读者不习惯的涉及伦理道德方面的较直露、客观、自然主义的叙述和描写译者还会将其改换面目用中国人习惯的方式表达变得或含蓄、委婉（中国有丰富的隐喻、象征的手法间接表现不言而喻、心照不宣的内容或尊敬、谦恭换用中国一整套温良恭俭让、天地君亲师、忠孝仁义悌贤的词汇系统）"。[2] 马克思认为：社会存在决定社会意识。社会存在的变化决定社会意识的变化。根据康德认知主义伦理学，也就是坚持实践规范问题的真理性能力的伦理学。"这种伦理学之所以是认知主义的，是因为它不怀疑理性的意义和必要性，不主张以直观知识否定和降低理智知识的意义和必要性，而以理性和理智为基础建立自己的原则，即使是个人的情感爱好、欲望之类的非理性的东西，也要建立其合理性的根据，使之具有普遍性。"[3] 西方在诗学理论的思辨空间中，把最根本的问题往往归结为"语言问题"，使得西方翻译理论不可避免地陷入一个悖论之中：存在主义诗学大师海德格尔的"语言是存在的家园"和解构主义诗学大师德里达的"语言是存在的牢笼"。"在西方诗学漫长的延伸历程中，从赫拉克利特以'逻各斯'为西方诗学文化传统的源头设定了一个无尽言说的本体，到柏拉图的理念论，再到亚里士多德的《诗学》，整个人类正是在语言的诱导下远离感觉观照下的朦胧世界，从而迈进了辉煌的人文理性之门。因此，在诗学理论的思辨空间中，那些命定带着诗性而思辨的智者投入无尽思考的最根本问题往往就是

---

[1] 梁启超曾把法国近代著名科幻作家凡尔纳的冒险小说《两年佳期》翻译成章回体的小说，名为《十五小豪杰》，增加、删减、改写之处比比皆是，后来这样的"意译"方法被称为"豪杰译"。

[2] 倪正芳：《近代文学翻译与伦理学背景——"豪杰译"的伦理学策略》，《社会科学家》，2008（9），第 139—140 页。

[3] 艾四林，戴令波：《哈贝马斯与康德、黑格尔的伦理观》，《兰州大学学报（社会科学版）》，2001 年 5 期，第 35 页。

语言的问题。"[1] 中英两种文字由于渊源截然不同,在文化背景和传统习惯以及运用环境方面都存在很大的差异。汉语文字是由象形文字演变而来,英文单词是由字母组合而成的。由于结构上存在差异,逻辑基础也随之而异。语言、文化、意识形态、认知能力等方面的差异往往容易造成误译。之所以逻各斯为西方传统哲学与诗学奠定了逻辑思辨与体系架构的基础,正是因为后世是将其作为逻辑意义上加以理解的。希腊哲学把 Logos 解释为"表述",就是在思想的表述中来寻找思想的法则和形式。西方字母语言拼音文字必须"言说",否则就没有意义。而从中国语言文字的特征来看,由于汉字所独具的视觉造型功能与会意特点来看,这种诗性语言更接近人的心灵对意象的刻画。在讨论英汉翻译时,要首先区分英汉语言的差异特质,它们之间既有不同之处,也有共通的东西。英汉语言分属不同的语系,英语属印欧语系,而汉语属汉藏语系,二者从语言文字的角度而言,在语义、句法、话语结构和篇章结构上都有很大差异。误译是一种无意识的创造性叛逆,尽管它不符合翻译的要求,却又不可避免地客观存在着。尤其是莎剧中的群体性误译更是彰显了集体无意识的叛逆。

2. "五四"时期伦理道德的影响及其翻译伦理

"五四"时期是中国思想文化转折时期,也是中国新文学发展的重要阶段。"五四"新文化运动所发动的"道德革命"无疑是中国思想、文化史上的一件大事。批判传统伦理道德,是"五四"思想启蒙运动的一个极其重要的方面,"五四"时期在不同思想的相互论辩中伦理文化渐次发生了变化。""五四"新文化运动是一场以价值翻转为特色的伦理道德革命,这场伦理革命的核心精神是以个性解放冲击传统的礼教与家族制度,因而个性精神就构成了新文学区别于中国传统文学的特点。"[2] 在此期间,一大批新式知识分子登上历史舞台,成为推进社会变革的重要力量。"五四"时期外国文学翻译的三重追求,即思想启蒙、政治救亡和审美情趣。"五四"时期,这一中国历史上的转折点,为中国的现代

---

[1] 杨乃乔著:《悖立与整合——东方儒道诗学与西方诗学的本体论、语言论比较》,文化艺术出版社,1998 年,第 2 页。

[2] 高旭东:《"五四"新文化运动——一场以价值翻转为特色的伦理道德革命》,《人民日报》,2009 年 5 月 4 日。

化进程产生了不可磨灭的影响。翻译文学在当时作为文学多元体系的中心位置填补了文学真空。翻译使得莎剧中的人物形象成为参与文化和社会构建的因素，影响了目的语文化。文学翻译在承担社会功用的同时，其文学性不再受到忽略，审美情趣也纳入了译者的视野。翻译作为一项跨文化交际活动，如果失去了能为交流各方所共同接受的普遍性道德标准的约束，就会造成误解甚至文化冲突。翻译活动中存在的这种普遍性道德标准即翻译伦理。

当代"伦理"概念蕴含着西方文化的理性、科学、公共意志等属性，"道德"概念蕴含着更多的东方文化的情性、人文、个人修养等色彩。西学东渐以来，中西"伦理"与"道德"概念经过碰撞、竞争和融合，目前二者划界与范畴日益清晰，即"伦理"是伦理学中的一级概念，而"道德"是"伦理"概念下的二级概念。二者不能相互替代，它们有着各自的概念范畴和使用区域。[1] 翻译作为一项跨文化交际活动，如果失去了能为交流各方所共同接受的普遍性道德标准的约束，就会造成误解甚至文化冲突。翻译活动中存在的这种普遍性道德标准即翻译伦理。

二十世纪初，赫胥黎的 (Evolution and Ethics)《进化论与伦理学》（ 严复译为《天演论》）是一本集西方文明批判精粹、聚焦人类天性在道德伦理方面的演变和进化于一体的书，在中国产生了巨大的影响。然而，在翻译《天演论》的过程中，一些学者认为严复有意省略关键词"道德伦理"对"适者生存"的理性批判，就思想内容而言，就只剩下"进化论"，而完全没有"伦理学"了，这本身就是"误译"。

翻译的伦理道德内涵体现了翻译的思想性。这种思想性既包含着译者的主体人格和自我实现的追求，也包含着译者对社会现实的关注以及对终极存在和终极意义的探索和追求等。这些方面既是翻译的动力，也是翻译的价值所在。因此，"翻译伦理"就是翻译行为事实该如何规律以及翻译行为该如何规范，它既面向翻译行为也面向翻译行为的主体。翻译伦理研究不仅包括翻译的规范

---

[1] http://baike.baidu.com/link？ url=SvplQ8kCexf5iT8_Y3ciiI_YOOOTLi-E4rlWZ2qhgR0eDJLo2oh0iH LvbIrvuDev

性研究，而且还包括对翻译规律或者翻译现象的描述性研究。[1]

在这个意义上，翻译过程中译者与作者以及译文读者的对话是道德的对话。这种对话不仅影响着翻译的选材，在实际的翻译操作过程中，往往决定着翻译策略的选择和语言的使用。作为人际关系的准则，伦理体现在语言的结构及词语上。有些词语本身指涉某种伦理角色和伦理关系，有些词语带有明显的伦理和道德内涵。这类词语不可避免地会把译入语文化的伦理道德观念带入翻译。例如，朱生豪在翻译莎士比亚戏剧《李尔王》时使用"孝"来翻译"nature"及其同类词语。邹振环认为，这种翻译用汉语文化中的儒家"忠孝"伦理观取代了西方文化中的"自然"观。杨周翰也指出，在孙大雨的翻译中，使用了诸如"逆伦"、"负恩"、"恩情"等词语，读者很容易联想到儒家伦理观。此外，很多译者为了达到彰显其伦理道德的目的，实现道德理想或为保证与读者的道德对话能够顺利进行，有意选择突出伦理道德因素的策略或使用伦理道德色彩浓厚的词语。[2]这样的改动并非对原文词汇的误解，绝非错译，而是有意为之，即"误译"。跨文化交流背景下，文化误译作为一种独特现象在文学翻译中有其必然性，"误译能特别鲜明、突出地反映异质文化间的碰撞、扭曲与变形；有意识地误译通常是为了强行引入或介绍外来文化，或迎合本民族读者的文化心态和接受习惯。"[3]

中国早期的一些译者为了适应社会或迎合读者的阅读心理的需要，在翻译外国文学时故意改变文体或进行删节。这种有意误译属于 Andre Lefevere 的"改写"的一种表现形式。在中国文学发展史上，外国文学的翻译对中国文学的发展起到了催生作用。在不同的历史条件下，改写主要受意识形态和诗学形态限制，对有意误译进行研究，对当时社会的状况进行深层次的解读并可以解释为何有的误译作品更受读者欢迎。

勒菲弗尔认为诗学是影响翻译的一个重要因素。为了使译入语读者易于接

---

[1] 王大智：《翻译伦理"概念试析》，《外语与外语教学》，2009 年第 12 期，第 63 页。

[2] 尹衍桐：《试论文学翻译的伦理道德内涵》，《中国石油大学学报（社会科学版）》2012 年 2 期，第 95 页。

[3] 谢天振著：《译介学》，上海外语教育出版社，1999 年，第 151 页。

受外国文学作品，译者常常需要对原文作些改动，以使译文符合译入语的诗学要求。"对比较文学来说，也许更具研究价值的是有意的误译，因为在有意误译里译语文化与原语文化表现出一种更为紧张的对峙，而译者则把他的翻译活动推向一种非此即彼的选择：要么为了迎合本民族的文化心态，大幅度地改变原文的语言表达方式、文学形象、文学意境等；要么为了强行引入异族的文化模式，置本民族的审美趣味和接受可能性于不顾，从而故意用不等值的语言手段进行翻译。"[1] "五四"之前的莎剧翻译,文体以文言为主。"五四"时期及以后的莎剧翻译作品中，白话文体占据主流地位，这当然与当时的思想运动有关。"文学翻译家们出于改造社会的责任感，介绍外国的先进文化，对抗黑暗的封建旧文化，推动新文化运动。他们把这种社会责任感转化为驱动力，在翻译中把作为传统文化语符的文言体解构，译者的人性观、审美观和文化观从传统的桎梏中被彻底地解放出来，从根本上摆脱了旧文化的束缚，通过新的文体——白话文体——表达新的文化理念和文化精神。"[2] 白话文运动的开展成为"五四"新文化运动的重要标志，也从客观上改变了莎剧翻译的语体格局。

3. 诗学的时代变化造成的群体性误译

从诗学的角度来说，文学翻译中的"历史性"是由原文本的历史性和译本的历史性两部分组成。原文本是时代的产物，而译本同样也在语言文化、作品风格以及思想内涵上体现了时代的特征。翻译外国文学也受到目的语社会和文化的操控,对中国作家的选材、思想意识及创作技巧等产生了深远影响。"五四"以后的莎剧译者以白话诗学的标准进行莎剧翻译，并试图与传统诗学调和。在这种翻译诗学观背景下，莎剧译者们采取了操纵的改写策略，主要是顺从了汉语白话的诗学规范，按照原文的理解以及传统的诗学对原作进行适度的调整。

我们以朱生豪译《温莎的风流娘儿们》为例来看时代的诗学差异造成的误译。

该文作者（代云芳）在比对朱译名《温莎的风流娘儿们》与原著名"The

---

[1] 谢天振：《误译：不同文化的误解与误释》，《中国比较文学》，1994 年 1 期，第 128 页。

[2] 魏家海:《"五四"翻译文学文体的"陌生化"与传统化》，《四川外语学院学报》，2000 年 7 期，第 93 页。

merry wives of Windsor" 后，却察觉此译名与原著存在出入。从直译的角度比对出两者存在差异，并通过对作品中女性形象及原作者对之态度的分析，认为朱译名的确存在误译。在探索此种错译产生的原因时，该作者认为首先是由于时代变迁对词语理解变化造成的影响，结合"误读"理论，可认为其深层原因乃是作者对原作品的"无意识强误读"的结果。该作者认为朱译名出现如此偏差，需从两方面来分析：

首先，时代变迁带来对词汇理解的偏差。笔者认为要了解朱译名出现如此偏差的原因，首先应考察译者朱生豪所处的时代背景。我们须知，由于时空差异的客观存在，在解读源语言文本过程中，必然产生译者的语境与原作者语境的差异性，同时由于译文读者的语境各异，在读者理解译文的时候也存在着由时空差异带来的对同一内容理解上的偏差。在朱生豪先生所处的年代，"风流"主要被解释为浪漫或是可爱的，感情倾向偏于中性，甚至褒义。而在当代，如前所述，对"风流"的解释又融入了新的诸如"花哨轻浮"等偏向贬义的理解，尤其是当"风流"与具有对女性轻蔑色彩的"娘儿们"连用时赋予其极强的对于女性群体贬低、蔑视的情感。这也就是为什么朱生豪所译名《温莎的风流娘儿们》在当今语境中读来感觉存在着强烈的对于女性否定轻蔑感情色彩，与原著相去甚远了。

另一方面，差异源自译者对原著名的无意识强误读。按照美国当代著名文学批评家哈罗德·布鲁姆提出著名的"阅读即是误读"理论，翻译的过程首先是作为读者的译者阅读的过程，所以翻译中的误读不可避免。译者根植于译语文化，受思维方式、生活方式、语言表达方式等的影响，极易导致对原作产生误读。然而，误读与错译（误译）并非完全对等，它可以分为无意识误读与有意识误读。朱生豪此处的误读由于从形式到内容均与原著偏差巨大，所以我们可进一步判断为无意识强误读。对强误读的分析能够彰显朱生豪包括前见在内的个人意识形态对翻译施加的影响，揭示翻译与目标语文化之间的互动关系，进而折射出东西文化截然不同的文化背景下女性观的强烈反差。[1]

该作者分析的非常细致，很多地方逻辑清晰，说服力也很强，但是也还是

---

[1] 代云芳：《朱生豪〈温莎的风流娘儿们〉译名勘误》，《江汉大学学报（人文科学版）》，2012 年 1 期，第 94—96 页。

有一些偏颇之处。对于莎剧 "The merry wives of Windsor"，梁实秋译为《温莎的风流妇人》，尽管避开了代云芳所说的朱译本具有对女性轻蔑色彩的"娘儿们"一词，但还是使用了"风流"这个表述。另一位著名莎剧译者方平先生也是用了与朱生豪一样的译名：《温莎的风流娘儿们》。从以上三位著名莎士比亚译者的翻译来看，他们竟然"不约而同"地群体性"误译"了？

"娘儿们"一词根据词典的释义是：

1. 长辈妇女和男女晚辈的合称。

2. 方言。泛指女人。多含轻蔑意。

3. 方言。指妻子。

尽管该作者也指出了时代变迁带来对词汇理解的偏差，并认为可以据此理解朱译名出现如此偏差的原因。该作者认为朱生豪等译者出现了"偏差"的原因主要是因为在语言中"娘儿们"一词带有的轻蔑意义，却没有考虑到译者所处的时代以及地缘方言因素。例如，在二十世纪八十年代中期比较流行的张映泉的长篇小说《桃花湾的娘儿们》以及同名电视剧，描写了改革开放初期，桃花湾的娘儿们在年轻的领导梁副书记的带领下，革除旧习，改变家乡旧貌，开拓山区新路的艰难历程。这里，"娘儿们"并没有对女性群体贬低、蔑视的情感，而是带有轻松、愉悦的一种情感因素。

有意误译有其必然性，不能简单地视之为译作的败笔而大加口诛笔伐。把有意误译作为一个文化研究的对象来看，我们就不难发现有意误译有其独特性，甚至有意想不到的意义。

翻译研究经历了一个从"忠实"的翻译伦理到"文化转向"所带来的翻译伦理的沦陷，再到目前人们重新认识到"翻译伦理回归"的必然性。在语文学模式的翻译研究中，人们往往凭直觉和灵感来评价译文的好坏，在文学翻译中，侧重于再现原文的审美价值，评论者较少使用"误译"一词来指涉译文，他们更关注原文的神韵是否得到了迻译。语言学模式的翻译研究则强调以语言为中心，译文要在词、句子、篇章等各个层面上和原文对等，如果做不到，就产生了不忠实的译文，即误译。在这里，忠实与否就是一个翻译评价的标准。但是有一个最基本的问题：忠实的对象究竟是什么，是形式抑或内容，还是其他什么？由于所谓不忠实而产生的误译就成了一个争论不休的话题：将原文逐字逐句地翻译出来，却完全失去了原文的修辞、美学效果，称之为误译；为了追求"功能对等"，在内容表述上和原文大相径庭的译文，也会被称为误译。这样看来，忠实这一公认的翻译标准在解释误译问题时却是含糊不清的。"误译概念本身是用来界定译本的，反映的是文本之间的关系；而翻译伦理所规范的却是人际交往关系，是形而上的，关注的是译者的道德、行为准则。既然在文本间性这一形而下的操作层面上无法厘清译文的对错，那么，我们就尝试从伦理的高度来探讨译者应该怎么做而不应该怎么做，进而评判表面上跟原文不对应的误译文本究竟是好是坏。"[1] 在后现代的语境下，语言中心论被消解，原文、原作者意图等一切都处于解构之中，结构主义所提出的忠实观也随之遭到解构，而何谓误译，更是成了悬而未决的问题。

朱生豪在翻译时采取了操纵的改写策略，主要是顺从了汉语的诗学规范，对原作进行或多或少的调整，多有释义转换，以便读者更容易阅读。朱生豪有意追求对汉语诗学的顺应态度，鲜明地反对逐字逐句对照式的硬译，"拘泥字句之结果，不仅原作神味，荡焉无存，甚且艰深晦涩，有若天书，令人不能卒读，此则译者之过，莎翁不能任其咎者也"。

在翻译文学史上，由于诗学地位和诗学态度的变化而使翻译的语言形态发生变化的实例比比皆是。一般而论，在世界文化大系统中，那些在诗学地位不占优势的文化语境中进行翻译的译者会迎合较之更为高级的诗学观，从而使译语发生变形。然而，一旦该国的诗学地位发生改变，译者的改写观也会旋即改变，使译本发生新的诗学变形。……鲁迅提倡"硬译"、"欧化"和"拿来主义"，严复尚桐城诗学，林语堂通过翻译引进了西方幽默，提倡"闲适"之风，胡适等主张采用白话文，傅雷提出"神似"的诗学观，钱钟书力推"化境"，都是不同文化语境下诗学地位和译者诗学态度发生变化的结果。[2] 中国古典诗学有着深厚的伦理文化意蕴，朱生豪、梁实秋等莎剧译家都有着及其深厚的中国古典诗学传统。把诗学作为一种知识形态进行考察，尤其考察伦理精神如何影响和规定了中国诗学

---

[1] 郑敏宇：《翻译伦理对误译评价的启示》，《中国比较文学》，2012 年第 3 期，第 92—93 页。

[2] 杨柳：《翻译的诗学变脸》，《中国翻译》，2009 年 6 期，第 42 页。

知识的发展目标和生产方式，并形成了具有东方知识特征的诗学系统。

4. 文化诗学与翻译伦理

每个民族都有自身的文化精髓，大多通过文学语言形式体现出来。文学作品的翻译目的之一就是要使异质的文化精髓，尤其是与译语文学语言不同的表达方式，在翻译的过程中相互交流借鉴，促进各种异质文学的发展创新。根据传统的翻译批评标准，误译通常负载着译者浓厚的主观性，但却忽略了表面上似乎失败的语言转换结果却由于译者的特殊策略，使得原文在新环境下获得了重生。莎剧在翻译和传播过程中，译者的个体策略选择与集体无意识在翻译、重译中反复博弈，集中体现了近代面对异质文化冲击时中国诗学与伦理价值传承的特殊形态与方式。莎剧翻译在特定的历史时期和条件下，出于多方面的考虑，译者所采取的不得已而为之的妥协策略，既改变了莎士比亚戏剧被解读的方式和程度，也在这个过程中改变了中国的文化传承本身，构成了外国文学传播与影响的重要内容。

如前文所述，莎士比亚戏剧中高贵的品格往往与高贵的出身紧密联系，然而"五四"时代译者对出身论的仇视和当代改编者的刻意回避都消解了哈姆雷特复仇中维护莎士比亚式"荣誉"和"正统"的意义。在《哈姆雷特》一剧中，哈姆雷特有一段有关命运本质的经典台词，内容如下："生死有命，燕雀亦然；大限在即，则非明日；若非明日，必为当下；今日无虞，他日不测。"这段台词就是典型的宿命论言论。

Hamlet:

Rightly to be great.

Is not to stir without great argument.

But greatly to find quarrel in a straw.

When honour's at the stake.

在这里，文中的"not"一词需要理解为：双重否定，即 Is not to stir = Is not not to stir。这句话的意思是说：若没有很好的动武理由，就拒绝采取行动并不是真正的伟大（像哈姆雷特本人那样）。真正的伟大（应该像弗廷布拉斯那样），当荣誉受到威胁时，哪怕为了一个蛋壳也要力争。本行中的"not"一词必须理解为双重否定。由于对这一语言现象的误解，便导致了对作者或者哈姆雷特本意的误解及误译。

梁实秋译："非有大事当前，不轻举妄动，这诚然是伟大了，但是名誉攸关的时候，虽一根稻草都要力争，这也正是伟大。"前半句的译文正好跟原意相反，因为照此理解：前后两种行为都变成了伟大，从而丧失了原文应有的对照之意。

卞之琳译："要是真伟大并非是没有大事情就轻举妄动，可是在荣誉要受到危害的关头，哪怕为一根稻草也就该大大的力争。"前半句的译文正好也跟原意相反；因为，既然前半句的没有大事情就轻举妄动，并非是真正的伟大；那么后半句的"为一根稻草也就该大大的力争"也不应算是真正的伟大，因为这种行为同样也属于轻举妄动之列，尽管"是在荣誉受到危害的关头"。所以原文前后半句的对照之意也未能体现。

方平译："真正的伟大，并不是不分皂白就轻举妄动；可要是事关荣誉，哪怕为一根稻草，也要慷慨激烈争一个分晓。"前半句也未能正面译出作者的本意。

朱生豪译："真正的伟大不是轻举妄动，而是在荣誉遭遇危险的时候，即使为了一根稻秆之微，也要慷慨力争。"译文前半句不仅曲解了原文的本意，而且还有删繁就简之嫌。[1]

类似上述的宿命论在莎剧中还有很多。如前文所述的莎剧中无所不在的预言来自《俄狄浦斯王》中的悲剧宿命传统，宿命的悲观构成了莎士比亚特有的烘托悲剧力量的手段，然而李健吾改编《麦克白》时却将其中的女巫预言改成了巫婆扶乩，朱生豪和曹禺等译者也将《罗密欧与朱丽叶》中关于二人必死结局的预言误译成命运的意外，宿命的消解反映了近代反抗宿命论的要求，在特定时代起到了积极的作用。

宿命论最主要的学说，即是认为在人类诸多的神秘变化的命运现象中存有

---

[1] 李其金：《论〈哈姆雷特〈汉译中的误解误译现象》，《宁波大学学报（人文科学版）》，2006 年 3 期。

一些定数，而这些也可称为必然法则的定数，即是组合世间诸法相的基本力量。在古希腊罗马时期，斯多葛派晚期的罗马斯多葛派从完全的禁欲主义和宿命论观点进一步走向宗教的神秘主义，成为了宗教性的伦理说教，也对西方文化产生了较大的影响。费希特（1762—1814）在他的《伦理学体系》中，把康德的定言命令发展成一种专制命令，康德的绝对的"应该"和制定法则的理性，已经被费希特发展为一种道德宿命论，成为一种深不可测的必然性，人类需要严格按照某些格律行事。宿命论作为命运悲剧的审美特征在莎剧中有较好的体现。以《麦克白》为例，莎士比亚是保守的人文主义者，所以他要封建余孽泰门坚持原先的价值观念和道德伦常，进而把元老新贵们身上所表现出来的道德堕落看作是造成泰门悲剧的根本原因，通过泰门的愤世嫉俗来全盘否定现存社会的政治、经济、法律、宗教、人伦、人性。莎士比亚的这种认识有失偏颇，跟不上时代前进的步伐，表现出悲观厌世和怀旧情绪。……因此，莎剧中在道德层面和历史层面存在严重背离的二律背反现象：代表优秀道德价值者往往是时代的落伍者，而代表历史进步社会发展方向者则往往是道德欠佳者或败坏者。注意从这样的角度去看问题，就能更好地把握普洛丢斯、伐伦泰因等戏剧人物的美学意义。也只有这样去看问题，才能理解黑格尔所说的"莎士比亚使我们观众对罪犯们乃至极平庸的粗鲁汉和傻瓜也感到津津有味"。[1]

中国莎剧的群体性误读，最初是通过误译而实现的。几百年来英语变化很大，特别是莎翁作品，涉及知识面之广，恐怕无人能比。复杂难懂是常事，稍有不慎，就会出错。如果说欧洲莎剧误译研究主要集中于误译的美学价值，那么中国莎剧的群体性误译反映得更多的不仅仅是美学冲突，而从根本上来说是伦理与文化冲突，是对于西方式的血统决定论、宿命论和阶级意识的扬弃。西方式的血统决定论是由于社会阶层固定化，形成职业世袭化，这是个体陷入集体无意识的显现。"五四"时期是一个处于思想启蒙的大时代，知识分子内心充满一种道义感，他们谴责所有的教义，亵渎所有的神圣之物，反对血统决定论和宿命论。相对于中国传统的思想，"五四"时期平民知识分子的思想基础

---

[1] 肖剑南：《莎学园地的一片新绿——评张佑周〈莎士比亚戏剧人物新论〉》，http://www.hbrc.com/rczx/shownews-1949595-13.html

是与西方的现代科学观念的磨合，是对于与中国传统迥然不同的等级对立的全面反思，也是对传统七大夫阶层儒学价值观的突破。

如莎剧《一报还一报》中路西奥与埃斯卡勒斯的对白：

Escalus: Call that same Isabel here once again; I would speak with her. Pray you, my lord, give me Ieave to quest ion; you shall see how I'll handle her.

Lucio: Not better than he, by her own report.

Esca: Say you？

Lu: Marry, sir, I think, if you handled her privately, she would sooner confess; perchance, publicly, she'll be ashamed.

Esca: I will go darkly to work with her.

Lu: That's the way; for women are light at midnight.

该剧国内现流行三个权威性译本：朱生豪译作《一报还一报》，英若诚译为《请君入瓮》，梁实秋则译成《恶有恶报》。这段对白，朱生豪译为：

爱斯卡勒斯：把那依莎贝拉叫回来，我还要问她话。大人，请您让我审问她，您可以看看我怎么样对付她。

路西奥：听她方才的话，您未必比安哲鲁大人更对付得了她吧。

爱：你认为这样吗？

路：我说，大人，您要是悄悄地对付她，她也许就会招认一切，当着众人的面，她会怕难为情不肯说的。

爱：我要暗地里想些办法。

路：那就对了，女人在光天化日之下是一本正经的，到了半夜三更才会轻狂起来。

最后一句关键的话，英若诚译作："暗地里就对了；女人到半夜里来劲呢。"梁实秋的译文是："路：这就对了，因为女人总是半夜里轻狂。"三种译文的理解完全一致。

三种译文都只译出了 light 的"（重量）轻"和"（性格）轻浮"、"轻佻"的意思，而忽略了 light 的另一意义"光"、"光明"，以及引申出的宗教意义的"上帝之光"、"荣光"、"福祉"等意思在该句中的重要作用。这一忽略，导致译文传达的片面性，既减弱了莎氏作品中的语言修辞的艺术魅力，更失掉了莎士比亚作为伟大的文艺复兴人文主义者在本剧中所要宣扬的人文主义理想，也一定程度上削弱了该剧主题思想的传达。

该文作者认为名句 Women are light at midnight 是运用双关修辞手法，名贬实褒地宣扬了人文主义的妇女观和性爱意识，它根源于希伯来和古希腊的文化积淀。由于对上述两点的忽略，中国的莎士比亚研究和翻译均未能认识和传达莎氏的原意，产生"女人是黑夜之中的光明"、"女人是夜半时分的一盏明灯"甚至"女人是男人困厄痛苦境遇中的希望和福祉"这样的联想。他通过双关语的文字游戏传达文艺复兴时代人文主义个性解放与追求现世幸福爱情的理想，同时用以子之矛攻子之盾的手法嘲弄基督教的禁欲主义，这符合路西奥这一性格的身份和风格，也是莎士比亚艺术天才的又一典型体现。[1]

当然，两种语言文字的差异也是导致译文产生歧义和偏离的原因。文学本身就是语言文字的艺术，其民族特色尤其重要和突出。汉语中找不到一个和 light 一词多义完全对等的词，也就无法传达 light 的双关语的修辞特色，难以找到有异曲同工艺术魅力的汉语译文。在翻译研究中应该尊重差异，以加强译者尊重差异的伦理意识，客观公正地审视文学翻译中的文化差异。

伦理、宗教文化的误读主要是由于受译语文化传统的影响，中西方在宗教信仰方面存在很大差异。西方普遍信仰基督教，中国有信仰儒释道的传统。不同宗教文化的影响使得译者喜欢使用译语文化中受众熟知的表达去解读和传达原语文本的意义，无意或有意地用中国读者熟悉的伦理观念、宗教词语或文化意象去传达他者文化信息，译者用中国儒释道中的术语来对应西方的基督教中的术语，从而使得原作与译作存在着极大的误读空间。

如《哈姆雷特》中的一句台词：哈姆雷特面对爱人奥菲莉娅，心中的苦闷无法表达致使他疯狂地对奥菲莉娅说：Get thee to a nunnery.

---

[1] 黄世坦：《女人到底是什么——莎士比亚〈 报还 报〉一句台词中文翻译的文化思考》，《西安外国语学院学报》，1999 年第 2 期，第 46—47 页。

目前流行的版本是采用朱生豪译的"进尼姑庵去吧"。据北京人民艺术剧院著名演员王斑先生说，每当演员说到这句时，观众席上都会传来阵阵笑声。演出之后，很多演员大惑不解，这毕竟是一个悲剧，哈姆雷特被逼得发疯，奥菲莉娅痛苦不堪，观众怎么能笑得出来呢？在排练初期，编剧演员们反复查阅了很多版本，翻译均为"尼姑庵"而非"修道院"，因此演出也采用了"尼姑庵"的翻译。中国观众对于"女修道院"这个词尚有一定的距离感和陌生感，更无从了解女修道院又与普通修道院、男修道院有何宗教上的差别。比较了《哈姆雷特》的几个版本之后，决定采用翻译家朱生豪的版本，取"尼姑庵"这个词放在剧本中，这样最贴合剧本的意思，也最能让中国观众听懂。[1]

我们知道，北京人民艺术剧院是一个具有独特表演风格的国家级话剧院，剧院经常上演古今中外不同形式、不同风格的剧目，其鲜明"人艺演剧风格"深受观众喜爱。因此，北京人民艺术剧院上演的这个剧本也很有代表性。这句台词，朱生豪和梁实秋等翻译家理解和表达的基本一致。

朱译本：进尼姑庵去吧

梁实秋：到尼姑庵去吧

众所周知，nunnery 一词在词典里有女修道院、尼姑庵的意思。《哈姆雷特》的译者为什么不将"尼姑庵"译作"修道院"？这里不能仅仅以对错来评价，而要考虑到当时的读者接受程度，以及译者的个人理解等因素。尼姑庵，为女出家人的修行、居住之所。佛、道教的寺庙、道观类似于教堂和修道院的结合体，僧侣生活、修炼、教众参与活动都在一个地方。天主教中教堂是普通教徒参与宗教活动的地方，修道院则是出家僧侣生活、修炼的地方。莎士比亚创作的《哈姆莱特》这部悲剧的背景是丹麦，丹麦人信仰基督教，教徒出家修道的地方是"修道院"。

因此，从语言的"对等"角度来看，"修道院"的表述更为准确。但是，

---

[1] 王斑：《朴素而高贵的灵魂——〈哈姆雷特〉访谈录》，http://blog.sina.com.cn/s/blog_49fcf84f0100 cf6c.html

如果从翻译诗学的角度来看，在承认翻译伦理历史性的同时，我们就需要从历史的角度去考虑，在翻译过程中，影响译者伦理观的因素何在。文化误读脱离不了深刻的历史背景及译者伦理意识的作用，同时误读本身映射出译者对不同伦理模式的遵从；误读现象的历时变化体现了译者伦理观念的动态变化和译者自觉意识的增强。朱生豪和梁实秋等翻译家不是不知道"修道院"比"尼姑庵"的表述更为准确，这种从"无意"到"有意"的变化不仅是译者伦理观增强的动态过程，也折射出作者—译者—读者的三维伦理关系。中国的诗学传统的价值取向不同于西方，它更着眼于对意义的整体把握，这个取向提供了创立一个具有自己特色的文化话语范式。也正因为此，中西文化尤其是宗教文化和伦理概念中，存在着大量的词语从翻译学和释意学角度至今仍无法找到恰当的对等词。

Andre Lefevere 的意识形态、赞助人、诗学三要素给我们以启示，同时，译语读者的接受规范也有着不可忽视的影响。"译者对原作的违背，虽然有损于原作作者的意图和原作文本的形式之美，但客观结果却是遵从了规范中何为可接受的译作的规定，符合读者的接受程度。换言之，服务伦理与居于规范的伦理，成为译者遵从的主要伦理模式。"[1] 根据 Toury 的解释，规范指的是"某一社团所共享的价值观念（包括正确与错误，适当与不当等）转化为适用于某一特定场所的行为原则"。[2] 规范伦理学是西方传统伦理学的基本形式，在二十世纪分析伦理学出现以前，一直是哲学范畴内的人类伦理和道德的理论模式。在规范理论影响下发展起来的规范伦理主张，规范主导翻译的产生和接受，伦理意义上的翻译行为必须符合目的语语言文化的规范要求，满足而不可以惊扰读者的期待。读者期待包含着读者对翻译行为的具体要求，比如译文可接受性、译文风格和整体风格等。读者在阅读译文之前对翻译作品显现方式的定向性期待主要有两大形态：（1）在既往的审美经验（对文学类型、形式、主

---

[1] 唐培：《从翻译伦理透视文学翻译中的文化误读》，《解放军外国语学院学报》，2006 年第 1 期，第 67 页。

[2] Toury Gidcon. Descriptive Translation Studies and Beyond[M].Shanghai：Shanghai Foreign Language Education Press，2001：54–55.

题、风格和语言的审美经验）基础上形成的较为狭窄的文学期待视野；（2）在既往的生活经验（对社会人生的生活经验）基础上形成的更为广阔的生活期待视野。[1]

莎剧中出现的群体性误译很好地阐释了语言与文化的互动关联以及两种不同的诗学在文化碰撞时的境遇。不管是有意误译还是无意误译，它总是要以失落信息或歪曲信息为其代价的。因为误译的前提首先是误读，文化误读从客观层面上映射出译者对原语文本不同程度的违背，即是对再现伦理的违背。对于大部分的译者或原文读者来说，在理解原文或译文中的意义时并无太大的困难。然而，对于那些不熟悉原文的读者，译文在误译的基础上就变成部分歪曲的信息载体。或者说，当所译文字涉及的伦理学话语等含有复杂丰富的诗学机制时，原文语言中的意义特别是文化信息的丢失就会十分显著。把误译作为一个既成事实，作为一个文化研究的对象，研究前人莎剧译作中群体性误译将有助于译者与读者理解误读产生的原因，从而做到更接近原语文本的传译。早期的一些莎剧译者在翻译莎剧时故意改变文体或进行删节，以"改写"种表现形式来适应当时社会发展或斗争的需要。在不同的历史条件下，改写主要受意识形态和诗学形态限制。

自二十世纪后期翻译研究的文化转向以来，描写研究方式大行其道，描写研究的重点集中在译本的生产及发挥作用的语境方面。但是描写和规定之间距离不应过分夸大，忽略描写研究与理论研究的联系。翻译描写中的"误译"和"改写"，结果可能产生一种无意识的规定，对翻译实践产生负面影响。由此可见，"译学研究不能停留在对翻译现象的描写上，应该利用描写研究成果制定原则理论，以解释和预测翻译过程和结果。过分强调权力、意识形态等因素对翻译的制约或是过分夸大译者的主体性，忽视翻译总是在一定社会规范制度下进行，必然接受某种价值准则制约，有着自身规则规律"。[2]因为描写不是最终目的，描写必须与规定相结合，上升为理论，才能揭示翻译的本质。

---

[1] H.R. 姚斯、R.C. 霍拉勃著，周宁等译：《接受美学与接受理论》，辽宁人民出版社，1987 年，第 200 页。

[2] 于兰、杨俊峰：《论翻译研究的伦理倾向》，《外语与外语教学》，2010 年第 2 期，第 75 页。

群体性误译与译者所处的语境、前见、逻辑思维、认知心理因素、文化等有密切的关系。由于长期受译语环境的集体无意识熏陶，译者不知不觉中获得了一种固定的思维模式，用固有的思维习惯去理解原文，才无意中造成误译。由此可见，各民族理解事物的模式不同，值得心理语言学进一步探讨。谢天振认为"如能把他们收集、整理，从中可发现一个民族在理解某一外语时的理解方式上的独特性格、倾向、兴趣及其他诸特点 [1]。"对群体性的有意误译进行研究，对当时社会的状况进行深层次的解读，便可以解释为何有的误译作品更受读者欢迎。对此，传统翻译理论无法充分解释这一现象，翻译伦理却能为此提供理论支持。

---

[1] 谢天振著：《翻译研究新视野》，青岛出版社，2003 年，第 111 页。

结语

莎剧群体性误译与中国翻译美学

建国六十多年来，莎士比亚翻译及其研究对于精神文明建设的主要贡献是通过经典译作的高度抒情性而实现的。不同译文在古典与欧化之间调整和维持着微妙的平衡，承上启下地反映一种集体审美体验的发展过程，在异质因素的有控渗透中增进了民族的文学力量与精神强度，在平行对话中发出了时代与本土的声音，作为伟大的翻译文学作品，成为了本国翻译文学发展史不可分割的重要部分。主要莎剧翻译家的对于误译尺度和范式的探索，丰富了中国翻译美学的内涵；他们在群体性误译中体现出来的诗性忠实原则，受到了中国古典诗学形远神近等观点的影响，以"神韵说"、"诗力说"等不同的形式阐释了误译与忠实的辩证关系，是中国翻译美学发展历程中的重要一环。中国莎剧翻译中特有的群体性误译现象作为个体意识与集体无意识的共同作为，有着复杂的中国古典诗学背景，其厚积而薄发，浓缩了中国一百年来最有影响力的文学头脑们对于莎剧诗性价值的共同解读，对于世界性的莎剧翻译研究与翻译美学探索有着独特的意义。

修辞立场的稳定取决于力的作用，而柔化就是指翻译中力量分布的各种改变。伏尔泰给安娜·达西夫人写的信中说："我相信法国有两三位翻译家能把荷马史诗翻译好，但我同样确信，没人愿意读译文除非把原文中的一切都柔化（soften）并修饰。夫人，你要为自己的时代写作，而不是为了过去的时代。"[1]

---

[1] Andre lefevere 主编：《翻译、历史与文化论集》，上海外语教育出版社，2004 年，第 30 页。

伏尔泰所谓的"柔化"仅仅是指力量的弱化，他认为译者为了使作品具有跨越时代的开放性，需要将其中那些令人不快或者难以理解的内容进行削弱，同时修饰和强化那些富有时代精神的内容。事实上，柔化不可能做到绝对的弱化，因为对某一点的削弱往往是对其他内容的加强，因此译者的柔化如果不是简单的平均化，往往会导致诗行和对话中的语言重心偏移或者情感力量发生再分配，这才是柔化的本质。诗性力量分布的改变，是对文学修辞的翻译进行研究的必经之路。翻译学传统研究方法所关注的厚译和薄译，主要体现在信息量的增减变化。然而，与中华作品外译相比，国外经典作品现当代中译在保持信息量方面保守得多，译者往往在保留源文本全部信息的基础上，运用文学手段改变了诗性焦点，淡化"不适应"的内容，同时强化了时代精神的需要，避重就轻，此起彼伏，构成了中国翻译美学中独特的内容。

雅各布森在研究诗歌的特征时指出："必须在语言行为中引入两个基本模式：选择与聚合。选择源于对应，相似与不相似，同义和反义；而聚合则产生秩序，本质上源于相邻关系。诗功能就是将对应原则从选择轴向聚合轴的投射。对应是一种有助于建构秩序的手段。"[1]这就是典型的平行研究方法，通过创建两个平行系统，研究其连接方式来寻找规律和特征。平行构成了认知和审美的方式。剧情通过定义、特征、情节等手段，依靠文字本身的述谓和修饰结构（modifier），在相邻关系中推进认知；诗意主要运用韵律、比喻、铺陈比兴、暗示联想等手段，基于对应关系获得文字与精神世界的契合。剧情和诗意始终是莎士比亚戏剧中的矛盾统一，正如波德莱尔著名的诗歌《契合》中所咏唱的那样："仿佛远远传来一些悠长的回音，互相混成幽昧而深邃的统一体。"翻译莎士比亚戏剧则意味着更加深刻的矛盾与无法完全调和的统一，译者不断压抑着创造力，压抑着民族精神的需要，也就在这种压抑之中爆发出巨大的能量，这种生命力才是民族的本真诗意。

---

[1]　L in L, p71 "To answer this question we must recall the two basic modes of arrangement used in verbal behavior, selection and combination. The selection is produced on the basis of equivalence, similarity and dissimilarity, synonymy and antonym, while the combination, the build-up of the sequence, is based on contiguity. The poetic function projects the principle of equivalence from the axis of selection into the axis of combination. Equivalence is promoted to the constitutive device of the sequence."

参考文献

1. 英文原著与英语论文

Asquith, Clare. Shadowplay: the Hidden Beliefs and Coded Politics of William Shakespeare, New York: PublicAffairs, 2005.

Auden, W. H. Lectures on Shakespeare. (ed.) by Arthur Kirsch. Princeton, New Jersey: Princeton University Press, 2000.

Bach, Rebecca Ann. Shakespeare and Renaissance literature before heterosexuality, New York : Palgrave, 2007.

Barthes, Roland. A Barthes Reader. Edited and with an introduction by Susan Sontag. New York: Hill and Wang, 1982.

Barton, Anne. Shakespeare and the idea of the play, London: Chatto & Windus, 1962.

Bassnett, Susan. Shakespeare: the Elizabethan plays, Basingstoke, Hampshire: Macmillan Press, 1993.

Bayfield, M. A.. A study of Shakespeare's Versification : with an inquiry into the trustworthiness of the early texts, an examination of the 1616 folio of Ben Jonson's works, and appendices including a revised test of 'Antony and Cleopatra' , Cambridge: Cambridge University Press, 2009.

Bickers, Brian. The Artistry of Shakespeare's Prose, London: Methuen Co. Ltd. 1968.

Biggs, Murray ed. The Arts of performance in Elizabethan and early Stuart drama

: essays for G.K. Hunter, Edinburgh: Edinburgh University Press, 1991.

Bloom, Harold. Shakespeare: the Invention of the Human, New York: Riverhead Books, 1998.

Bly, Mary. Queer Virgins and Virgin Queans on the Early Modern Stage, Oxford: Oxford University Press, 2000.

Boase–Beier, Jean. Stylistic Approaches to Translation. Manchester: St. Jerome Publishing, 2006.

Boorman, S. C. Human conflict in Shakespeare, London: Routledge and Kegan Paul, 1987.

Boose, Lynda E. & Burt, Richard: Shakespeare, the Movie: Popularizing the Plays on Film, TV, and video, London: Routledge, 1997.

Bradshaw, Graham & Bishop, Tom General (ed.) The Shakespeare International Yearbook, 8: Special section, European Shakespeare

Brennan, Anthony. Onstage and Offstage Worlds in Shakespeare's Plays, London: Routledge, 1989.

Brennan, Anthony. Shakespeare's dramatic structures, London: Routledge & Kegan Paul, 1986.

Brik, O. M., Two Essays on Poetic Language. Department of Slavic Language and Literature, 1964.

Brown, John Russell. William Shakespeare: Writing for Performance, New York: St. Martin's Press, 1996.

Bruster, Douglas. Drama and the Market in the Mge of Shakespeare, New York: Cambridge University Press, 1992.

Burkman, Katherine H. Literature through performance, Athens: Ohio University Press, 1978.

Canino, Catherine Grace: Shakespeare and the nobility: the negotiation of lineage, Cambridge: Cambridge University Press, 2007.

Cartmell, Deborah. Interpreting Shakespeare on screen, New York: St. Martin's

Press, 2000.

Chambers, E. K. The Elizabethan stage, Oxford: Clarendon Press, 1923.

Charney, Maurice. How to Read Shakespeare, New York: McGraw–Hill, 1971.

Chedgzoy, Kate: Shakespeare's Queer Children: sexual politics and contemporary culture, Manchester: Distributed exclusively in the USA and Canada by St. Martin's Press, 1995.

Cohen, Stephen (ed.) Shakespeare and Historical Formalism, Aldershot: Ashgate, 2007.

Collick, John. Shakespeare, cinema, and society, Manchester: Distributed in the USA and Canada by St. Martin's Press, 1989.

Cook, Amy. Shakespearean neuroplay : reinvigorating the study of dramatic texts and performance through cognitive science, New York: Palgrave Macmillan, 2010.

Coursen, Herbert R. Christian ritual and the world of Shakespeare's tragedies, Bucknell University Press, 1976.

Coursen, Herbert R. Shakespeare translated : derivatives on film and TV , New York: Peter Lang, 2005.

Craig, W. J. (ed.). The Complete Works of Shakespeare. New York: Oxford University Press, 1960.

Dane, Clemence. Will Shakespeare : an Invention in Four Acts, New York: The Macmillan company, 1922.

Danson, Lawrence. Shakespeare's Dramatic Genres, Oxford: Oxford University Press, 2000.

De Grazia, Margreta & Wells, Stanly (eds.). The Cambridge Companion to Shakespeare, Shanghai: Shanghai Foreign Language Education Press, 2003.

Delabastita, Dirk. There's a Double Tongue: An investigation into the translation of Shakespeare's wordplay, with special reference to Hamlet. Amsterdam: Rodopi, 1993.

Desmet, Christy & Sawyer, Robert: Harold Bloom's Shakespeare, New York:

Palgrave, 2001.

Dessen, Alan C. Elizabethan stage conventions and modern interpreters, New York: Cambridge University Press, 1984.

Dessen, Alan C. Recovering Shakespeare's theatrical vocabulary, Cambridge: Cambridge University Press, 1995.

Dirk Delabastita & Lieven D' Hulst (ed.). European Shakespeares: Translating Shakespeare in the Romantic Age. Amsterdam/ Philadelphia: John Benjamins Publishing Company, 1993.

Dollimore, Jonathan. Radical tragedy : religion, ideology, and power in the drama of Shakespeare and his contemporaries, Basingstoke: Palgrave Macmillan, 2004.

Donker, Marjorie. Shakespeare's proverbial themes : a rhetorical context for the sentential, Westport, Conn. : Greenwood Press, 1992.

Drakakis, John & Townshend, Dale ed. : Gothic Shakespeares, Milton Park, Abingdon: Routledge, 2008.

Dubrow, Heather. Shakespeare and domestic loss : forms of deprivation, mourning, and recuperation, Cambridge: Cambridge University Press, 1999.

Edmond Ironside. Shakespeare's lost play, Edmund Ironside, London: Fourth Estate, 1985.

Egan,Gabriel.The Struggle for Shakespeare'sTtext : twentieth–century editorial theory and practice , Cambridge: Cambridge University Press, 2010.

Ellis–Fermor, Una Mary. Shakespeare the dramatist, and other papers, London: Methuen & Co., 1961.

Ellis–Fermor, Una Mary. Shakespeare's drama, London: Methuen, 1980.

Erickson, Peter: Rewriting Shakespeare, rewriting ourselves, Berkeley: University of California Press, c1991.

Erlich, Victor. Russian Formalism: History and Doctrine. The Hague: Mouton, 1980.

Esche, Edward J. ed. Shakespeare and his Contemporaries in performance,

Aldershot: Ashgate, 2000.

Fendt, Gene: Is Hamlet a Religious Drama ? : An essay on a question in Kierkegaard, Milwaukee: Marquette University Press, 1998.

Fike, Matthew. A Jungian Study of Shakespeare: the visionary mode, New York,: Palgrave Macmillan, 2009.

Fischer, Susan L. Reading Performance: Spanish golden age theatre and Shakespeare on the modern stage , Woodbridge: Tamesis, 2009.

Fischlin, Daniel & Fortier, Mark: Adaptations of Shakespeare : a critical anthology of plays from the seventeenth century to the present, London: Routledge, 2000.

Friederike von Schwerin– High: Shakespeare, Reception and Translation. London: Continuum

Frost, David L. The school of Shakespeare : the influence of Shakespeare on English drama 1600–42, Cambridge: Cambridge University Press, 2010.

Frye, Roland Mushat: Shakespeare and Christian doctrine, Princeton: Princeton University Press, 1963.

Garber, Marjorie B. Shakespeare's ghost writers: literature as uncanny causality, New York: Methuen, 1987.

Garbero, Maria Del Sapio ed. : Identity, otherness and empire in Shakespeare's Rome, Farnham: Ashgate, c2009.

Griffin, Eric J. English Renaissance drama and the specter of Spain : ethnopoetics and empire , Philadelphia : University of Pennsylvania Press, c2009.

Groves, Beatrice. Texts and traditions: religion in Shakespeare, Oxford: Oxford University Press, 2007.

Gurr, Andrew. Playgoing in Shakespeare's London, Cambridge: Cambridge University Press, 2004.

Gurr, Andrew. Playgoing in Shakespeare's London, New York: Cambridge University Press, 1987

Hackett, Helen. Shakespeare and Elizabeth: the meeting of two myths, Princeton,

N.J. : Princeton University Press, c2009.

Halliday, F. E. A Shakespeare companion, 1550–1950, New York: Funk & Wagnalls, 1952.

Hamley, Edward. Shakespeare's funeral and other papers, Edinburgh: W. Blackwood, 1889.

Hamlin, William M. Tragedy and scepticism in Shakespeare's England, Houndmills,: Palgrave Macmillan, 2005.

Harrison, G. B. Shakespeare at work, 1592–1603, Michigan: University of Michigan Press, 1958.

He, Qi-Xin. Shakespeare Through Chinese Eyes. Kent State University PhD Dissertation, 1986.

Henke,Robert. Pastoral transformations: Italian tragicomedy and Shakespeare's late plays, Newark : University of Delaware Press, 1997.

Heylen, Romy. Translation, poetics, and the stage : six French hamlets, London: Routledge, 1993.

Hindle, Maurice. Studying Shakespeare on film, Houndmills: Palgrave Macmillan, 2007.

Hodgdon,Barbara. The end crowns all : closure and contradiction in Shakespeare's history, Princeton, N.J. : Princeton University Press, 1991.

Hoensalaar, A. J. Shakespeare and Language. London : Thomson Learning. 2004.

Hoenselaars, Ton. Shakespeare's history plays: performance, translation and adaptation in Britain and abroad, New York: Cambridge University Press, 2004.

Holmes, James S. Translated! Amsterdam: Rodopi, 1988.

Hortmann, Wilhelm. Shakespeare on the German stage: the twentieth century, Cambridge: Cambridge University Press, 1998

Hosley, Richard ed. Essays on Shakespeare and Elizabethan drama : in honor of Hardin Craig, London: Routledge, 1963.

Huang, Alexander C. Y. Chinese Shakespeares : two centuries of cultural exchange , New York: Columbia University Press, 2009.

Hudson, Henry Norman, Shakespeare : his life, art, and characters, with an historical sketch of the origin and growth of drama in England, Boston: Ginn & Co.,1925.

Hunt, Maurice. Shakespeare's religious allusiveness: its play and tolerance, Aldershot: Ashgate, 2004.

Hunter, G. K. English drama 1586–1642: the age of Shakespeare, Oxford: Oxford University Press, 1997.

Ichikawa, Mariko: Shakespearean entrances, Houndmills: Palgrave Macmillan, 2002.

J.C. Bulman & H.R. Coursen: Shakespeare on television : an anthology of essays and reviews, Hanover: University Press of New England, 1988.

Jackson, Russell ed. The Cambridge companion to Shakespeare on film, New York: Cambridge University Press, 2000.

Jakobson, Roman & Pomorska, Krystyna. Dialogues. London: Cambridge, 1983.

Jakobson, Roman. Language in Literature. (ed.) By Krystyba Pomorska. London: Cambridge, 1987.

Jameson, Mrs. (Anna): Shakespeare's heroines : characteristics of women, moral, poetical, and historical, Peterborough, Ont. : Broadview Press, 2005.

Jardine, Lisa: Still Harping on Daughters : women and drama in the Age of Shakespeare, N.J. : Barnes & Noble, 1983.

Johnson, David. Shakespeare and South Africa, Oxford: Oxford University Press, 1996.

Johnson, Samuel: Preface to shakespeare's Plays, England: Scolar, 1969.

Jones, John: Shakespeare at work, New York: Oxford University Press, 1995.

Jorgens, Jack J. Shakespeare on film, Lanham: University Press of America, 1991.

Joughin, John J. Shakespeare and national culture, Manchester: Manchester University Press, 1997.

Kastan, David Scott. Shakespeare and the book, Cambridge: Cambridge University Press, 2001.

Keller, James R. & Stratyner, Leslie: Almost Shakespeare : reinventing his works for cinema and television, Jefferson, N.C. : McFarland & Co., 2004.

Kennedy, Dennis. Foreign Shakespeare: contemporary performance, New York: Cambridge University Press, 2004.

Kidnie, Margaret Jane. Shakespeare and the problem of adaptation, London: Routledge, 2009.

Kiernan, Pauline. Shakespeare's theory of drama, Cambridge: Cambridge University Press, 1996.

Kingston, Thoms. Rhythm in the aesthetics of Western Music, Boston University Doctoral Dissertation, 2003.

Kishi, Tetsuo & Bradshaw, Graham. Shakespeare in Japan. London: Continuum, 2005.

Klein, Holger & Marrapodi, Michele ed. : Shakespeare and Italy, Lewiston, N.Y.: Edwin Mellen Press, 1999.

Knapp, Jeffrey. Shakespeare only, Chicago : University of Chicago Press, 2009.

Kottman, Paul A.: Tragic conditions in Shakespeare : disinheriting the Globe, Baltimore: Johns Hopkins University Press, 2009.

Laoutaris, Chris. Shakespearean maternities : crises of conception in early modern England, Edinburgh: Edinburgh University Press, 2008.

Lavigne, Donald Edward Jr. Iambic configurations: Iambos from Archilochus to Horace. Stanford University Doctoral Dissertation, 2005.

Lefevere, Andre. Translating Literature. New York: The Modern Language Association of America, 1992.

Lefevere, Andre. Translating Poetry: Seven Strategies and a Blueprint. Assen; Amsterdam: Van Gorcun, 1975.

Levin, Richard Louis. New readings vs. old plays: recent trends in the reinterpretation of English Renaissance drama, Chicago : University of Chicago Press, 1979.

Levith, Murray J. Shakespeare in China. London: Continuum, 2008.

Levith, Murray J. Shakespeare's cues and prompts, London: Continuum, c2007.

Linthicum, M. Channing: Costume in the drama of Shakespeare and his contemporaries, Oxford: The Clarendon Press, 1936.

Logan, Robert A. Shakespeare's Marlowe: the influence of Christopher Marlowe on Shakespeare's artistry, Aldershot, Hampshire : Ashgate, 2007.

Magnusson, Lynne: Shakespeare and Social Dialogue : dramatic language and Elizabethan letters, Cambridge: Cambridge University Press, 1999.

Malay, Jessica L. Prophecy and sibylline imagery in the Renaissance : Shakespeare's Sibyls , New York: Routledge, 2010.

Maquerlot, Jean-Pierre & Willems, Mich è le ed.: Travel and drama in Shakespeare's time, Cambridge: Cambridge University Press, 1996.

Maquerlot, Jean-Pierre. Shakespeare and the mannerist tradition : a reading of five problem plays, New York: Cambridge University Press, 1995.

Marrapodi Michele ed. Shakespeare's Italy: functions of Italian locations in Renaissance drama, New York: Distributed exclusively in the USA and Canada by St. Martin's Press, 1993.

Marrapodi, Michele (ed.) Shakepeare, Italy, and intertextuality. Manchester: Manchester University Press, 2004.

Marrapodi, Michele ed. Italian culture in the drama of Shakespeare & his contemporaries: rewriting, remaking, refashioning, Aldershot: Ashgate, 2007.

Marx,Steven: Shakespeare and the Bible, New York: Oxford University Press, 2000.

Massai,Sonia. Shakespeare and the rise of the editor, Cambridge: Cambridge University Press, 2007.

Maus,Katharine Eisaman. Inwardness and theater in the English Renaissance,

Chicago: University of Chicago Press, 1995.

Mayer,Jean-Christophe: Shakespeare's hybrid faith : history, religion, and the stage，Basingstoke, Hampshire: Palgrave Macmillan, 2006.

McNeely,Trevor. Proteus unmasked : sixteenth-century rhetoric and the art of Shakespeare, Bethlehem, Pa. : Lehigh University Press, 2004.

Miles,Geoffrey. Shakespeare and the constant Romans, Oxford: Clarendon Press, 1996.

Minami Ryuta, Ian Carruthers, John Gillies ed. Performing Shakespeare in Japan, Cambridge: Cambridge University Press, 2001.

Miola,Robert S. Shakespeare and classical tragedy : the influence of Seneca, Oxford: Clarendon Press, 1992.

Miola,Robert S. Shakespeare's Rome, Cambridge: Cambridge University Press, 2004.

Moulton,Richard G. Shakespeare as a dramatic artist : a popular illustration of the principles of scientific criticism, Oxford: Clarendon Press, 1885.

Murray M. Schwartz & Copp é lia Kahn ed. Representing Shakespeare: new psychoanalytic essays, Johns Hopkins University Press, 1980.

Nordlund, Marcus. The dark lantern: a historical study of sight in Shakespeare, Webster: Acta Universitatis Gothoburgensis, 1999.

Norman N. Holland, Sidney Homan, and Bernard J. Paris ed. : Shakespeare's personality, Berkeley: University of California Press, 1989.

Orgel, Stephen. Impersonations: the performance of gender in Shakespeare's England, New York: Cambridge University Press, 1996.

Owen, Lucy Degeer: The representation of forgiveness in Shakespeare and medieval drama, Ann Arbor, Mich. : UMI, 1976.

Paris, Bernard J. Bargains with fate : psychological crises and conflicts in Shakespeare and his plays, New York: Plenum Press, 1991.

Paster, Gail Kern. The idea of the city in the age of Shakespeare, Athens:

University of Georgia Press, 1985.

Paulin, Roger. The Critical Reception of Shakespeare in German 1682–1914. Hilesheim: Georg Olms Verlag, 2003.

Petersen, Lene B. Shakespeare's Errant Texts : textual form and linguistic style in Shakespearean 'bad' quartos and co–authored plays , Cambridge: Cambridge University Press, 2010.

Pitt, Angela: Shakespeare's Women, N.J. : Barnes & Noble, 1981.

Poole, Adrian, Tragedy. Shakespeare and the Greek Example, New York: Blackwell, 1987.

Pound, Ezra. Literary Essays of Ezra Pound. Edited with an Introduction by T. S. Eliot. London: Faber and Farber Limited, 1960.

Proehl, Geoffrey S.: Toward a dramaturgical sensibility : landscape and journey, Madison: Fairleigh Dickinson University Press, 2008.

PYM, Anthony. Exploring Translation Theories. London: Routledge, 2010.

Redmond, Michael J. Shakespeare, politics, and Italy : intertextuality on the Jacobean stage , Burlington: Ashgate, 2009.

Reynolds, Bryan. Transversal enterprises in the drama of Shakespeare and his contemporaries : fugitive explorations, Houndmills: Palgrave Macmillan, 2006.

Richmond, Velma Bourgeois. Shakespeare, Catholicism, and romance, New York: Continuum, 2000.

Rokison, Abigail. Shakespearean Verse Speaking: text and theatre practice, Cambridge: Cambridge University Press, 2009.

Rutter, Tom. Work and Play on the Shakespearean Stage, Cambridge: Cambridge University Press, 2008.

Salingar, Leo: Dramatic Form in Shakespeare and the Jacobeans, New York: Cambridge University Press, 1986.

Sandra Clark, ed. Shakespeare Dictionary, Chicago: NTC Pub. Group, 1997.

Sangster, Rodney B. The Linguistic Thought of Roman Jakobson. Indiana

University Doctoral Dissertation, 1970.

Sasayama, Takashi & Mulryne J.R. & Margaret, Shewring ed.: Shakespeare and the Japanese stage, Cambridge: Cambridge University Press, 2009.

Schoch, Richard W. Not Shakespeare : bardolatry and burlesque in the nineteenth century, Cambridge: Cambridge University Press, 2002.

Schoenbaum, S. Shakespeare's lives, Oxford: Oxford University Press, 1991.

Schrickx, Willem: Foreign envoys and travelling players in the age of Shakespeare and Jonson ,Wetteren: Universa, 1986.

Scott, Michael. Shakespeare and the modern dramatist, New York: St. Martin's Press, 1989.

Scragg, Leah. Shakespeare's mouldy tales : recurrent plot motifs in Shakespearian drama, London: Longman, 1992.

Selleck, Nancy Gail. The interpersonal idiom in Shakespeare, Donne and early modern culture, Houndmills, Basingstoke, Hampshire: Palgrave Macmillan, 2008.

Shakespeare, William. The first quarto of Romeo and Juliet / edited by Lukas Erne, Cambridge: Cambridge University Press, 2007.

Shapiro, James S. Rival playwrights : Marlowe, Jonson, Shakespeare, New York: Columbia University Press, 1991.

Shaughnessy, Robert. Shakespeare on film, New York: St. Martin's Press, 1998

Sidney, Philip. An apology For Poetry. ed. by Geoffrey Shepherd. Manchester: Manhester University Press, 2004.

Sillars, Stuart. The illustrated Shakespeare, New York: Cambridge University Press, 2008.

Sousa, Geraldo U. de. Shakespeare's Cross–cultural Encounters, New York: St. Martin's Press, 1999.

Spivack, Bernard. Shakespeare and the Allegory of Evil : the history of a metaphor in relation to his major villains, New York: Columbia University Press, 1958.

Steiner, Peter. Russian Formalism: A Metapoetics. Ithaca: Cornell University

Press, 1984.

Stern, Tiffany. Making Shakespeare : from stage to page, London: Routledge, 2004.

Strohm, Paul. Theory and the Premodern Text, Minneapolis: University of Minnesota Press, 2000.

Symonds, J. Structure and experience in Shakespeare's romances, New Delhi: Cyber Tech Publications, 2010.

Talbert, Ernest William. Elizabethan Drama and Shakespeare's Early Plays : an essay in historical criticism, Chapel Hill: The University of North Carlolina Press, 1963.

Taylor, Dennis & Beauregard, David: Shakespeare and the Culture of Christianity in early modern England, New York: Fordham University Press, 2003.

Thomas, Cartelli. New wave Shakespeare on screen, Cambridge: Polity Press, 2007.

Thomas, Vivian. Shakespeare's Roman worlds, London ; New York : Routledge, 1989.

Thomas, Vivian. The Moral Universe of Shakespeare's Problem Plays, London: Routledge, 1991.

Thorne, Alison: Vision and rhetoric in Shakespeare : looking through language, New York: St. Martin's Press, 2000.

Toury Gideon. Descriptive Translation Studies and Beyond. Amsterdam: John Benjamins Publishing Company, 2008.

Traub, Valerie. Desire and Anxiety: circulations of sexuality in Shakespearean drama, London: Routledge, 1992.

Tucker, Mary Curtis. Toward a Theory of Shakespearean comedy: a study of the contributions of Northrop Frye, Mich. : UMI, 1963.

Ulrici, Hermann. Shakspeare's Dramatic Art : and his relation to Calderon and Goethe / translated from the German of Hermann Ulrici, Kessinger Publishing, 2007.

Waith, Eugene M. The Herculean Hero in Marlowe, Chapman, Shakespeare and Dryden, New York: Columbia University Press, 1962.

Watson, Curtis Brown. Shakespeare and the Renaissance Concept of Honor, Princeton, N.J. : Princeton University Press, 1960.

Weimann, Robert: Shakespeare and the Power of Performance : stage and page in the Elizabethan theatre, Cambridge: Cambridge University Press, 2008.

Wells, Stanley. Literature and Drama : with special reference to Shakespeare and his contemporaries , London: Routledge, 2005.

Wilders, John. The lost Garden : a view of Shakespeare's English and Roman history plays, London: Macmillan, 1978.

Wright, George T. Shakespeare's Metrical Art. Berkeley: University of California Press, 1988.

Ye, Tan. Common Dramatic Codes in Y ü an and Elizabethan Theaters: characterization in Western chamber and Romeo and Juliet, Lewiston: Edwin Mellen Press, 1997.

Zimmerman, Susan. The Early Modern Corpse and Shakespeare's Theatre, Edinburgh: Edinburgh University Press, 2005.

2. 中文书籍

艾布拉姆斯著，郦稚牛、张照进、童庆生译：《镜与灯》，北京：北京大学出版社，1989 年。

卞之琳:《雕虫纪历》，北京：人民文学出版社，1979 年。

卞之琳:《人与诗》，北京：三联书店，1984 年。

布鲁姆·阿兰著，潘望译：《莎士比亚的政治》，南京：江苏人民出版社，2009 年。

布鲁姆·哈罗德:《弗洛伊德的防御概念与诗人意志》，见王逢振主编:《2000 年度译西方文论选》，桂林：漓江出版社，2001 年。

陈永国主编:《翻译与后现代性》，北京：中国人民大学出版社，2006 年。

董正宇著:《方言视域中的文学湘军》,北京:中国社会科学出版社,2008 年。

方平主编:《新莎士比亚全集》,石家庄:河北教育出版社,2004 年。

冯黎明著:《走向全球化——论西方文论在当代中国文学理论界的传播与影响》,北京:中国社会科学出版社,2009 年。

冯胜利著:《汉语韵律语法研究》,北京:北京大学出版社,2007 年。

傅浩著:《说诗解译》,北京:中国传媒大学出版社,2005 年。

诺思罗普·弗莱著,陈慧、袁宪军、吴伟仁译:《批评的解剖》,天津:百花文艺出版社,2006 年。

福塞尔·保罗著,梁丽真、乐涛、石涛译:《格调:社会等级与生活品味》,北京:中国社会科学出版社,1998 年。

歌德等著,张可、元化译:《莎剧解读》,上海:上海教育出版社,1998 年。

威廉·冯·洪堡特著,钱敏汝译:《论人类语言结构的差异及其对人类精神发展的影响》,西安:陕西人民出版社,2006 年。

柯文辉编:《英若诚》,北京:十月文艺出版社,1992 年。

黄玫著:《韵律与意义:20 世纪俄罗斯诗学理论研究》,北京:人民出版社,2005 年。

黄永健著:《中国散文诗研究》,北京:中国社会科学出版社,2006 年。

约翰·霍华德·劳逊著,邵牧君、齐宙译:《戏剧与电影的剧作理论与技巧》,北京:中国电影出版社,1979 年。

乐黛云主编,高旭东著:《梁实秋:在古典与浪漫之间》,北京:文津出版社,2005 年。

勒夫威尔:《文学翻译:比较文学背景下的理论与实践》,北京:外语教学与研究出版社,2006 年。

《梁实秋文集》编辑委员会编:《梁实秋文集》,厦门:鹭江出版社,2004 年。

李琨编著:《传播学定性研究方法》,北京:北京大学出版社,2009 年。

李伟民著:《中西文化语境里的莎士比亚》,上海:上海外语教育出版社,2009 年。

刘炳善:《英汉双解莎士比亚大词典》,郑州:河南人民出版社,2002 年。

鲁迅：《文艺的大众化》，《集外集拾遗》，北京：人民文学出版社，1973 年。

陆谷孙著：《莎士比亚研究十讲》，上海：复旦大学出版社，2008 年。

罗新璋编：《翻译论集》，北京：商务印书馆，1984 年。

马大康著：《诗性语言研究》，北京：中国社会科学出版社，2005 年。

丹尼斯·麦奎尔著，崔保国、李琨译：《麦奎尔大众传播理论》，北京：清华大学出版社，2010 年。

尼采著，陈燕茹、赵秀芬译：《尼采反对瓦格纳》，济南：山东画报出版社，2002 年。

古斯塔夫·庞勒著，冯克利译：《乌合之众——大众心理研究》，北京：中央编译出版社，2005 年。

萨丕尔著，陆卓元译：《语言论》，北京：商务印书馆，1983 年。

石汝杰，宫田一郎主编：《明清吴语词典》，上海：上海辞书出版社，2003 年。

束定芳著：《隐喻学研究》，上海：上海外语教育出版社，2000 年。

莎士比亚著，卞之琳译：《莎士比亚悲剧四种》，北京：方志出版社，2007 年。

莎士比亚著，曹禺译：《柔密欧与幽丽叶》，北京：人民文学出版社，1979 年。

莎士比亚著，孙大雨译：《萝密欧与琚丽叶》，上海：上海译文出版社，1998 年。

莎士比亚著，梁实秋译：《罗密欧与朱丽叶》，北京：中国广播电视出版社，2005 年。

莎士比亚著，朱生豪译：《莎士比亚全集》，北京：人民文学出版社，1976 年。

思果著：《翻译研究》，北京：中国对外翻译出版公司，2001 年。

乔治·斯坦纳著：《通天塔之后》，上海：上海外语教育出版社，2001 年。

费尔迪南·德·索绪尔著，高名凯译：《普通语言学教程》，北京：商务印书馆，1983 年。

茨维坦·托多罗夫编选，蔡鸿滨译：《俄苏形式主义文论选》，北京：中国社会科学出版社，1989 年。

谈瀛洲著：《莎评简史》，上海：复旦大学出版社，2005 年。

王力著：《曲律学》与《现代诗律学》，北京：中国人民大学出版社，2004 年。

韦勒克、奥斯汀·沃伦著，刘象愚等译：《文学原理》，南京：江苏教育出版社，2005年。

维谢洛夫斯基著，刘宁译：《历史诗学》，天津：百花文艺出版社，2003年。

吴笛主编：《浙江翻译文学史》，杭州：杭州出版社，2008年。

吴洁敏，朱宏达著：《朱生豪传》，上海：上海外语教育出版社，1990年。

吴子慧著：《吴越文化视野中的绍兴方言研究》，杭州：浙江大学出版社，2007年。

夏承焘，吴熊和著：《读词常识》，北京：中华书局，2009年。

悉永吉著：《莎士比亚翻译比较美学》，上海：上海外语教育出版社，2007年。

谢天振，查明建主编：《中国现代翻译文学史》，上海：上海外语教育出版社，2004年。

熊杰平，任晓晋主编：《多重视角下的莎士比亚——2008莎士比亚国际研讨会论文集》，武汉：湖北人民出版社，2009年。

徐岱著：《基础诗学》，杭州：浙江大学出版社，2005年。

许钧主编：《翻译思考录》，武汉：湖北教育出版社，1998年。

许渊冲著：《翻译的艺术》，北京：五洲传播出版社，2006年。

严程莹，李启斌著：《西方戏剧文学的话语策略》，昆明：云南大学出版社，2009年。

杨匡汉，刘福春编：《中国现代诗论》，广州：花城出版社，1986年。

叶圣陶主编：《大家国学·夏承焘卷》，天津：天津人民出版社，2008年。

叶维廉著：《中国诗学》，北京：三联出版社，1992年。

扎娜·明茨、伊·切尔诺夫主编，王薇生译：《俄国形式主义文论选》，郑州：郑州大学出版社，2005年。

张冲编著：《莎士比亚专题研究》，上海：上海外语教育出版社，2004年。

张冲主编：《同时代的莎士比亚：语境、互文、多种视域》，上海：复旦大学出版社，2005年。

张国良主编：《20世纪传播学经典文本》，上海：复旦大学出版社，2003年。

赵毅衡主编：《符号学文学论文集》，南昌：百花洲文艺出版社，2004年。

郑海凌著：《译理浅说》，郑州：文心出版社，2005 年。

周兆祥：《中译莎士比亚研究》，香港：香港中文大学出版社，1981 年。

朱光潜著：《诗论》，北京：北京出版社，2005 年。

朱生豪：《寄在信封里的灵魂——朱生豪书信集》，北京：东方出版社，1995 年。

朱生豪、宋清如著，朱尚刚整理：《朱生豪情书》，上海：上海社会科学院出版社，2003 年。

朱尚刚著：《诗侣莎魂》，上海：华东师范大学出版社，1999 年。

朱振武等著：《美国小说本土化的多元因素》，上海：上海外语教育出版社，2006 年。

中国翻译工作者协会翻译通讯编辑部：《翻译研究论文集（1894—1948）》与《翻译研究论文集（1949—1983）》，北京：外语教研出版社，1984 年。

3. 硕博论文与期刊文章

白立平：《诗学·意识形态及赞助人与翻译：梁实秋翻译研究》，香港中文大学博士论文，2002 年。

高伟：《文学翻译家徐志摩研究》，上海外国语大学博士论文，2006 年。

龚芬：《论戏剧语言的翻译：莎剧多译本比较》，上海外国语大学博士论文，2004 年。

荆素蓉：《梁遇春翻译研究》，华东师范大学博士论文，2009 年。

刘云雁：《朱生豪译莎剧素体诗节律风格研究》，浙江大学硕士论文，2007 年。

蒙兴灿：《"五四"前后英诗汉译的社会文化研究》，华东师范大学博士论文，2008 年。

任晓霏：《"译者登场"——英若诚戏剧翻译系统研究》，上海外国语大学博士论文，2008 年。

孙瑞：《朱生豪翻译风格研究：基于文本〈罗密欧与朱丽叶〉和〈哈姆雷特〉的分析》，上海外国语大学硕士论文，2010 年。

谭业升:《翻译中的识解运作》,复旦大学博士论文,2004 年。

吴钧:《论中国译介之魂》,山东大学博士论文,2008 年。

吴文安:《文学翻译中的美学效果比较分析》,上海外国语大学博士论文,2004 年。

熊辉:《"五四"译诗与早期中国新诗》,四川大学博士论文,2007 年。

杨全红:《钱钟书翻译思想研究》,上海外国语大学博士论文,2007 年。

朱安博:《朱生豪莎士比亚戏剧翻译的文化阐释》,浙江大学博士后报告,2009 年。

朱云生:《清末民初翻译文学与中国文学现代性的发生》,山东大学博士论文,2006 年。

周文:《〈哈姆莱特〉之"神韵"》,湖南师范大学硕士论文,2007 年。

陈本益:《何其芳现代格律诗论的三个要点评析》,福建论坛(人文社会科学版),2006 年第 12 期。

冯颖钦:《朱生豪译学遗产三题》,外国语(上海外国语学院学报),1991 年第 10 期。

方平:《朱生豪并未误译》,中国翻译,1994 年第 11 期。

耿晓娟:《朱生豪译本〈哈姆莱特〉中的概念整合初探》,科技信息,2010 年。

贺平:《Delabastita 双关语翻译理论在英汉翻译适用度的实证研究》,科教文汇,2009 年第 0 期。

蓝仁哲:《莎剧的翻译:从散文体到诗体译本——兼评方平主编〈新莎士比亚全集〉》,中国翻译,2003 年 5 月第 24 卷第 3 期。

李伟民:《论朱生豪的诗词创作与翻译莎士比亚戏剧之关系》,华南农业大学学报(社会科学版),2009 年。

李伟民:《爱国主义与文化传播的使命意识——杰出翻译家朱生豪翻译莎士比亚戏剧探微》,湖南师范大学社会科学学报,2008 年第 3 期。

李伟民:《中国莎士比亚翻译研究五十年》,中国翻译,2004 年。

李伟民:《朱生豪没有到过重庆》,书屋,2003 年第 10 期。

刘大白:《从毛诗说到楚辞》,当代诗文,1929 年 11 月创刊号。

刘颂：《意识形态对朱生豪译莎的操纵》，辽宁行政学院学报，2010 年。

刘云波：《英谚中一种特殊句型的反译——从朱生豪的一句误译谈起》，中国翻译，1994 年第 1 期。

王佐良：《白体诗里的想象世界——论莎士比亚的戏剧语言》，莎士比亚研究，1984 年第 2 期。

王青：《论曹禺的莎剧翻译艺术》，长城，2009 年第 2 期。

尚文岚：《从读者反应理论看朱生豪、梁实秋的莎译本中文化空缺词的翻译》，河南工业大学学报（社会科学版），2007 年第 3 期。

宋清如：《关于朱生豪译述〈莎士比亚戏剧全集〉的回顾》，社会科学，1983 年第 1 期。

宋清如：《朱生豪与莎士比亚戏剧》，新文学史料，1989 年第 2 期。

宋清如：《关于朱生豪的信件》，新文学史料，1990 年第 5 期。

宋清如：《朱生豪书信选》，新文学史料，1990 年第 8 期。

苏福忠：《说说朱生豪的翻译》，读书，2004 年第 5 期。

屠岸：《朱生豪给宋清如信中的一首英文诗》，新文学史料，2003 年第 5 期。

许建平，许可：《是"另一个所在"，还是"地狱"？——从朱生豪的一处误译看戏剧翻译的连贯性问题》，国际译联第四届亚洲翻译家论坛论文集，2005 年第 5 期

杨全红：《朱生豪译莎动力谈》，四川外语学院学报，2005 年第 11 期。

余墨：《朱生豪的词》，读书，1990 年第 1 期。

郑福同：《施莱格尔是怎样翻译莎士比亚戏剧的》，莎士比亚研究，1994 年第 4 期。

后 记

　　"中国莎剧翻译群体性误译研究"是我莎剧翻译研究的一个重要阶段。结缘莎剧翻译研究源于跟随吴笛教授攻读硕士期间，为《浙江翻译文学史》收集资料撰写朱生豪、曹未风等莎剧译者的翻译活动和思想过程中，发现如朱生豪这样的重要译者居然没有专著研究。兴趣之余，仔细阅读之下，心中大有所感。当时的翻译界并不认同朱生豪的译作，认为处于战争等历史原因而缺乏足够的资料导致译作漏译、误译甚多，所谓印数多只不过是因为媚了大众的俗，语言简单易懂罢了；仅仅"不是诗体翻译"一个罪名就足以使朱译无法得到翻译界和学术界的认可。然而，细读之下，我对于朱生豪的译作爱不释手，其中的诗情与风流，今人无法比拟，于是心中产生了巨大的疑问：为什么大众喜欢的译本，从理论上却似乎缺乏合法性？到底是读者错了，还是理论错了？这时，我不仅想起徐岱老师在"美学通论"这门课上给我们的建议：当理论与直觉发生矛盾的时候，不要轻易地否定自己作为人的情感，完全依赖理论不一定是明智的选择。于是，我选择了从最具有理论性的传统韵律学角度撰写硕士论文《朱生豪莎剧素体诗节律风格研究》，其实是想解决"诗体还是散文体"的问题。当然，这个问题最终没有能够解决，但是却奠定了我的思想基础。在这本书第一章涉及的文体之争就是这十年来对于这个问题的进一步思索，如今我却是认为，"诗体还是散文体"并不是问题，"读本还是剧本"才是问题。

　　硕士论文答辩并不顺利，答辩委员会担心根据形式主义理论所做的韵律学分析只有技术性而没有思想性，担心基于统计的技术分析缺乏美学价值与社会效益。直到现在，我还记得徐志强老师答辩后对我的安慰："没关系，几十年来，中国人的听觉改变了很多，这样的研究还是很有意思的。"有惊无险，硕士论文顺利过关，后来又被李伟民老师引用，我受到了极大的鼓励，研究热情高涨，下定决心继续跟随吴老师读博士，写了博士论文《朱生豪莎剧翻译——影响与比较研究》。

博士论文写作期间，我感觉到眼光过于局限，不了解国外莎剧翻译研究现状，于是申请了荷兰乌特列支大学的访学。这次访学受益匪浅，与 Ton Naijkans、Ton Hoenselaars 以及 Dirk Delabastita 等教授的交流，使我感觉到天主教和结构主义思路对他们看待莎剧翻译的眼光具有怎样的影响。尤其是 Dirk Delabastita 教授，他的博士论文正是关于《哈姆雷特》中双关语的翻译，其研究思路和人生思索都对我影响甚大。其后，我还在哥本哈根大学的好朋友 Maria 的导引下，参观了丹麦的"哈姆雷特城堡"，这才知道哈姆雷特的故事来自于丹麦早年一位叫做 Amlet 的王子，不过那时的丹麦还并不是天主教国家。莎士比亚有一位朋友率团过丹麦表演，但莎翁本人却从来没有去过丹麦。不过，按照理查德·保罗在《寻找莎士比亚》中的调查，莎士比亚倒是的确应该去过意大利。欧洲之行另外一件印象特别深刻的事情就是在荷兰的古水镇了解女巫故事的始末。原来，女巫的罪名源于对于女性的宗教迫害，而古水镇坚持正义为大量女性签发"非女巫证明"，逐渐终止了女巫罪名的迫害。看到这个真实的历史故事，突然觉得西方传统中"小人物拯救人类"的戏剧化情节，并非无源之水。

写完博士论文，我却突然觉得更加不满足。大约写作的人都有这样的感觉，开笔的时候踌躇满志，写完之后却又有无数遗憾，总觉得怎么改都不够，总有些话没有说透，总有些道理不尽完善。可是如果放任这种心情，一遍一遍修改下去，写出来的东西往往又与初衷相去甚远。左右踟蹰，终于收笔，但是有一种深深的矛盾感始终挥之不去。博士论文《朱生豪莎剧翻译——影响与比较研究》最初源于对朱译莎剧的喜爱，因此在针对特定译者的研究中不免产生了偏好情绪，忍不住为朱译说好话，然而这种不够客观的态度本身对于学术是有危害的，使我不能够客观地评价朱生豪的历史意义。这样一来，继续修改博士论文已无意义，必须换一个角度看待误译问题。就这样，我开始了关于莎士比亚戏剧翻译群体性误译的材料搜集和探索。

莎士比亚戏剧翻译群体性误译研究把同一时代诸多译者都产生不同理解的细节挑出来重新整理，帮助我从一种更加历史的角度看待莎剧翻译的问题。在这个过程中，我发现大部分误译都不是简单的字面意义改变，而是更加含蓄的重心偏移，有时是有心，有时是无意，那些关于民族独立和追求光明的热血，以一种特有的强度在莎剧翻译中悄然萌发，我借用伏尔泰的说法将这种现象暂且称为柔化。当然，这个名称可能不够贴切，同时贸然提出一个新概念也很难让人接受。项目进行短短三年，我一时也还不足以把这个问题想透，只能留待今后进一步探索。然而，柔化的影响却是客观存在的，最明显的就是上帝力量的淡化和以光明为隐喻的理想主义在莎剧中的强化，这种去上帝化直接导致了作品美学层面的变化，也就是我今后打算深入探讨的莎剧汉译"美德"问题。

一夕回首，往事越千年，莎士比亚戏剧翻译研究将五百多年来的中西历史画卷展开在面前。误译只是一种历史现象而不是价值判断，对于译本价值最为重要的判断在于美与不美，在于是否契合了一个时代的精神需要，在于是否为本国的文学传统注入了"新的强劲"。

本书共五章，由我撰写1—4章，朱安博教授撰写第5章，作为我们长期共同研究莎剧翻译的友谊见证。